早見 俊

徳川家康 枕合戦記
自立編

実業之日本社

実業之日本社文庫

目次

序

駿河(するが)国駿府(すんぷ)城、大御所徳川家康(とくがわいえやす)の居城である。

元和(げんな)二年（１６１６）四月、本丸御殿の寝所を二代将軍秀忠(ひでただ)が訪れていた。病床にあった家康だが、しばらくぶりに気分が好(よ)いと、濡(ぬ)れ縁に座し、富士山を見上げている。青空の下、雄渾(ゆうこん)な山影を刻む富士は、天下人徳川家康その人のようであった。

六歳で人質に出されて以来、数え切れない苦難を乗り越え、ついには豊臣(とよとみ)家を滅ぼして日本全国を統一した。

あまりに偉大な父の傍らに控え、秀忠は家康の金口玉言(きんこうぎょくげん)を一言も聞き漏らすまい、と身構えている。

家康は秀忠を見た。

白絹の寝間着と同じ真っ白な髪と髭(ひげ)、顔には無数の皺(しわ)が刻まれている。それが輝かしい戦績を刻んでいるかのようだ。

老齢とはいえ、眼光鋭く、射すくめられれば縮み上がってしまう。それでも、福々しい耳朶が好々爺然とした柔らかさをたたえていた。

「秀忠よ、わしの生涯で最も難儀な戦は何じゃったと思う」

笑みを浮かべ、家康は問いかけた。

背筋を伸ばし、秀忠は答えた。

「さて……武田信玄公相手の三方ヶ原の合戦でござりますか」

家康は首を左右に振った。

「では太閤殿下との小牧長久手……」

秀忠が続けると、

「違う」

家康は即座に否定した。

「やはり、関ヶ原ですな」

これも家康は否定し、

「枕合戦よ」

と、にんまりと笑った。

「枕合戦とおっしゃいますと……」

困惑する秀忠に、

「側室どもとの夜の合戦じゃ。側室どもを争わせず、安寧な日々を送らせることほど、難儀なものはなかった。その前に、築山という手強い奥がおったのう」

表情を引き締め、家康は語った。

「お戯れを」

思わず秀忠が返すと、

「そう、戯れじゃ」

家康は肩を揺すって笑った。釣られるように秀忠も笑い声を上げたが、ふと我が身を思った。

自分は正室であるお江の方の顔色を窺い、江戸城中に側室を置けない。対して家康は生涯、二人の正室と二十人余りの側室を持った。お江の方の悋気を恐れる秀忠にとって、家康は夜も天下人、仰ぎ見る存在だ。満更、冗談ではなく、正室、側室たちとの暮らしは戦場にも比肩する困難の連続であったのかもしれない。

「阿茶、庭が見たい。肩を貸せ」

家康は阿茶の局を呼ばわった。

最も長く家康の側に仕える側室である。

よっこらしょ、と家康は腰を上げた。秀忠は、家康が阿茶の局と過ごす邪魔をしてはならじ、とそっと寝所を去った。

四月十七日、徳川家康は薨去した。

享年七十五の大往生であった。家康の死によって戦国乱世は名実ともに幕が引かれた。

この物語は巨人徳川家康の苦難の物語、と言っても合戦の苦労ではなく、秀忠に語った枕合戦における苦闘を語る。

すなわち、枕合戦を通じての徳川家康成長物語である。

第一章　桶狭間の戦い　―筆おろし―

一

戦国の世を、いや、日本の歴史の転換点となった永禄（えいろく）三年（１５６０）の五月は、梅雨にもかかわらず、晴れの日が続いた。いわゆる空梅雨である。

駿河国駿府では、五月晴れが続く日々を憂うどころか天の恵みだと沸き立っていた。武家屋敷の一角にある松平元康（まつだいらもとやす）（家康の旧称）の屋敷でも、駿河湾で捕れた大振りの鯛（たい）を用意し、元康出陣の門出を祝っている。

「殿、大きな役目でござりますぞ」

酒井忠次（さかいただつぐ）が満面に笑みを広げた。

忠次は元康より十五歳上の数え三十四歳、元康の駿府での人質暮らしが始まって以来の近習である。近習の中では最年長ということもあり、駿府における松平家臣団の束ね役でもある。

「そうかな」

松平元康は首を傾げた。

鎧直垂に身を包んだ数え十九歳の松平家当主は、長い人質暮らしで板に付いた慎重な人柄ゆえか、若さが感じられない。背は高くはないが武芸で鍛え上げたがっしりとした身体、何処にでもいそうな平凡な面差しながら耳朶が福々しい程に大きい為、観相師はこぞって大器晩成と見立てる。

この観相を家臣たちはめでたがり、元康を励ますが、いつ死んでもおかしくはない戦国の世とあって、晩成を喜んでいいものか元康は疑問に思っている。

元康の生返事に忠次は両目を見開き、

「そうかなではございませぬぞ。御所さまは上洛をなさるのです」

御所さまとは今川義元だ。

駿河、遠江、三河、三カ国の太守は駿河の駿府に本拠を置いている。城ではなく御所風の優雅な屋形に居を構えており、今川家中では御所さまと尊称されていた。

今川義元は大軍を率いて駿府を出陣し、西へ向かう。尾張の織田信長との合戦なのだが、駿府では、「御所さま上洛」という声で沸き返っていた。

領民たちは五月晴れが続く日々を天が御所さま上洛を祝している、と喜んでいるのだ。

「上洛……大袈裟な。それは、民どもが騒いでおるだけではないか。しかも、そなたのように御所さま上洛を吹聴する者が後を絶たぬゆえ、そんな噂が広まっておるのじゃ」

冷めた口調で元康は語った。

折に触れ、元康は数え十九歳の若武者とは思えない﨟長けた一面を見せる。忠次はそれが不満で、

「殿、今川勢は上洛せんばかりに勢いづいておるのです。殿は、その今川勢の先鋒を担うのですぞ。よいですか、ここは御所さまの期待に応えて、大いに奮戦なさりませ。我ら松平家中の者、みな、三河武士の意地を見せようと勇み立っております」

盛んに忠次は煽る。

「忠次、わしはな、やる気がないのではないぞ。むしろ、武功を立てようと心に期しておるのじゃ。上洛などと浮かれ騒ぐな、と言いたいだけのこと。戦は祭ではない」

あくまで沈着冷静な元康に忠次は小さくうなずき、

「おっしゃる通りです。この忠次、いささか興奮し過ぎてしまいました」

と、頭を下げた。

「上洛は偽りとしても、御所さまの腹の内はどこまでであろうな」

義元の真意を元康は聞かされていない。

「御免」

と、凛と張りのある声と共に石川数正が入って来た。数正は忠次の横に座すや懐中から絵図面を取り出し、元康の前に広げた。そこに駿河から美濃に到る国と城、砦が描かれている。

数正は数え二十八歳、忠次同様に駿府暮らしが始まって以来、近侍している。理屈っぽい分、軍略、調略に長けている。忠次と共に元康を支える重臣だが、忠次と意見が合わないことが度々ある。

年長の忠次を立てることもあるが正しいと思ったら譲らず、忠次は持て余すこと度々だ。

「我らの役目はここに兵糧を運び込むことですな」

数正は大高城を指差した。

三河の国境に近い尾張国内にあり、城主鵜殿長照は今川一門に連なる武将である。信長は大高城の周囲、丸根と鷲津に砦を築いた。この為、兵糧の調達が困難となり、鵜殿から義元に兵糧不足を訴える書状が届いた。義元は要請に応じて元康に兵糧の運び込みを命じたのだ。

加えて今川義元自ら大軍を率いて駿府を出陣、尾張へ侵攻する。

「その数、四万とも五万とも」

武者震いをした忠次が声を震わせる。

対して数正は、

「それは大袈裟、二万から二万五千ですな」

冷静に告げた。

忠次は苦い顔をして、

「いずれにしても大軍じゃ」

と、言い返す。

元康は数正に向き、

「数正、今回、御所さまの狙いは何だと思うか」

「さて、そうですな。あわよくば、清洲(きよす)まで攻め込むおつもりではないか、と考えます」

「尾張一国を掌中になさるおつもりであろうかな」

元康は疑問を返した。

「それはどうでしょうな」

数正は首を傾げたが、

「尾張を奪うことを考えての大軍ではないのか」

忠次は義元自ら二万五千の大軍を率いるのだと強調した。

それを受け、元康は数正を見た。

「御所さまは、美濃の斎藤義龍(さいとうよしたつ)に連絡をしておりません。尾張を攻め取ったとなりますと、美濃と接することになります。斎藤は今川に脅威を抱きましょう」

確かに、尾張から駿河までの東海道一帯を領国化したなら、今川義元は天下無双の巨大大名となる。斎藤義龍は大いに警戒するに違いない。

「よって、今川勢の動きを注視し、もし今川勢が清洲城を落としたなら、美濃から軍勢を繰り出し、尾張の上四郡をわが物とするのではないでしょうか」

数正の見立てに、

「それは十分にあり得るのう」

忠次は一転して賛同した。

「義龍、戦上手の上に肝が据わっておりますぞ」

数正が義龍を評価すると、

「親殺しめ」

忠次は悪態を吐いた。

義龍は四年前、実の父道三と合戦に及んだ。人数に勝る義龍は道三を打ち負かし、道三を討ち取った。

忠次は続ける。

「信長は道三殿と結んでおりましたから、道三殿を亡くしたのは痛手でしたな。今川勢に攻め込まれても、美濃を当てにできなくなりました」

これには数正もうなずき、

「六年前、信長は村木砦を占拠した今川勢を駆逐しました。その時、道三殿から援軍を受けております」

「そうじゃった。道三殿の援軍があったお蔭で、信長は今川勢に勝てたのじゃ。それが、今回は織田勢のみで合戦に及ばねばならない。おまけに今川勢はかつてない大軍だ」

忠次は賛意を求めるように数正を見返した。

すると数正は案に相違して首を左右に振った。

「いや、六年前、信長は美濃勢の手を借りずに今川勢を追い払った。美濃勢は清洲城を守っていた。村木砦の戦には参陣していなかった」

数正が反論したところで、

「信長殿、よく美濃勢に居城を預けたものじゃのう。乗っ取られることを心配しなかったのかな」

元康は首を捻った。

駿府で暮らす前、元康は織田の人質であった。数え六歳から二年間を尾張の熱田で過ごした。その間、信長と親交があった。八歳年上の信長は折に触れ柿や瓜を土産にくれた。猛々しさゆえ周囲から恐れられていたが、元康には優しい兄のようであった。この為、敵将とはいえ呼び捨てにはできない。

「それくらい、追いつめられておったのでしょう」

忠次は事もなげだが、

「村木砦を占拠されたとて、すぐにも滅ぶことはなかった。殿が仰せられたように、信長は美濃勢によく城を預けたものじゃ。いくら、盟約を結んでいるとはいえな」

数正は気にかけた。

元康は織田の人質になった時、信長との交流を思い浮かべながら話を続けた。

「あの頃、信長殿は周囲の者からうつけ者と蔑まれておった。茶筅髷を結い、湯帷子を着崩し、腰にぶら提げた瓢簞に入れた酒を歩きながら飲み、城下を練り歩いておられた。民と盛んに交わっておられたのじゃ」

「殿、信長に味方するような言動は慎しまれよ」

忠次は諫めた。

「味方する気など毛頭ない。わしは信長殿が風変りなお方だと申しておるのじゃ」

元康は言った。

「会いたいと思っておられるのでは」

数正が問う。

「会いたくはあるな」

迷わず元康は答えた。

忠次は顔をしかめ、

「今回の合戦の後、信長の首級と対面することになるかもしれませぬぞ」

と、皮肉を込めて言った。

元康は答えずに口を閉ざした。

「信長が討ち取られるかどうかはともかく、今川の勝利は揺るぎませぬ」

忠次は強調した。

「果たして、信長殿は負けるかな」

元康の言葉に忠次は驚きの表情を浮かべ、

「今川が勝つに決まっておりましょう。二万五千の大軍ですぞ」

「まあ、そうじゃが」

元康は言葉を曖昧にした。

「殿、怖気づかれましたか」

忠次は危惧した。

「怖気づいてなんぞおらぬ。今川の勝利は間違いない……しかし、どうも信長殿が負けるとは思えぬのじゃ」

元康は何が根拠で、とは言わなかった。

「今川が勝利するが信長は負けない、とは矛盾しておりますぞ」

忠次は笑った。

元康はそれを自覚し、

「そうじゃな」

と、呟いた。

すると数正が、

「拙者も殿と同じ矛盾した考えを抱いております」

と、言い出した。

忠次が苦笑を数正に送ると、

「信長には運がありそうじゃ」

大真面目に数正は返した。

「武運か」

元康は呟いた。

「殿も武運を摑みなされ」

忠次は言った。

「神仏に愛でられなければ、真の武運は摑めぬものじゃ」

元康は年齢不相応の達観めいた物言いをした。

ここで襖越しに忠次が呼ばれた。忠次は部屋を出たがすぐに戻り、

「では、我らはこれにて」

と、数正を促して部屋を出た。

入れ替わるようにして正室の瀬名が入って来た。艶やかな打掛に身を包んだ瀬名はすらりとした美人だ。漆黒の髪、瓜実顔で雪のように白い肌、くっきりとした目鼻立ち、美しい面差しとは不似合いに腹が膨らんでいるのは赤子を身籠っているからだ。

「殿、わたくしが運を授けましょうぞ」

瀬名は艶っぽく笑った。

瀬名は今川義元の武将関口親永の娘である。母親は義元の妹である為、義元の姪であった。義元の姪であることに加え、二歳年長とあって元康は瀬名に頭が上がら

ない。

「ああ、そうか」

瀬名の意図を理解し、元康はうなずいた。

二

「殿……」

瀬名は襖で隔てた隣室へと誘った。

元康は一緒に部屋に入ると床が延べられている。

「大事な時ではないか。身体に障るぞ」

元康は気遣った。

瀬名は昨年長男を産み、来月にも二番目の子が産まれる予定だ。

「ですから、身体に障らないように致すのです。竹千代(たけちよ)を身籠(みごも)っておった時と同じです」

すまし顔で瀬名は言った。

身体に障らない方法とは瀬名が家康にまたがる、いわゆる騎乗位だ。何も身籠っている時だけではない。初夜以来、枕を共にする際、常に瀬名が上になるのだ。

元康は瀬名に一目惚（ぼ）れした。

二年前、駿府御所での歌会の場であった。今川義元は和歌をはじめとする都の風流、文化に通じている。都から公家（くげ）が頻繁に訪れ、曲水（きょくすい）の宴や連歌の会を催す。また、近頃都で流行（はや）り出した茶の湯を楽しんでもいた。

月に一度、義元はお気に入りの武将を呼んで連歌の会を主宰する。会に呼ばれるのは今川家臣団の誉（ほまれ）であった。元康も参加を認められるようになった。会には義元や重臣たちの妻女（さいじょ）も呼ばれていた。元康は会に出席するのが苦痛であった。

歌を詠むのは大の苦手であったのだ。元康が詠むと失笑が漏れ、居辛（いづら）いこと甚だしかった。それが、瀬名が参加すると連歌の会が楽しみになった。

公家の姫のような優雅な瀬名に会えると思うと、苦難の場が極楽のように感じられた。そんな憧れの瀬名を嫁に迎えることができた。義元の勧めだ。元康は義元に感謝と忠誠を誓ったものだ。

瀬名を娶（めと）らせてくれた恩を差し引いても、義元は尊敬に値する武将である。合戦上手、法度（はっと）を制定して領国の経営を安定させた優れた為政者であるばかりか、公家、高僧とも渡り合える学識を備え、まさしく文武両道を体現している。

戦場での甲冑（かっちゅう）姿は凛々（りり）しく、連歌の会での狩衣（かりぎぬ）姿は風雅であった。

そう、連歌の会での義元は女たちの憧れであった。会の席では、立て烏帽子（えぼし）に白の狩衣を身に着け、面長の顔に白粉を塗り、眉とお歯黒という公家風に化粧をした。都の公達と見紛う義元に女たちの視線は釘付けになっている。

女たちばかりではない。元康も仰ぎ見る理想の武将であった。

義元から姪の瀬名を妻に世話され、元康は今川の一門に加えられた。憧れの瀬名と結ばれ、尊敬する義元の一門に加わる記念すべき初夜、元康の胸と一物ははちきれんばかりに膨らんでいた。

初夜に臨むに当たり、元康は侍女から枕絵を見ながら床入りを学んだ。侍女たちは気遣って実践を勧めてくれたが、初めての女は瀬名でありたいとの強い思いから断った。

いざ、床入りとなった。

頭の中で何百回も情交を繰り返してきた。それを行うだけだ、と落ち着かせるが心の臓は高鳴り呼吸が乱れ、全身が震えてしまった。動揺を悟られまいと無言で瀬名の横に横たわった。瀬名は白絹の寝間着を着て目を閉じていた。

「では」

と、断りを入れ、元康は寝間着の襟に手をかけた。すると、瀬名は元康の手をやんわりと退かせ、身を起こした。戸惑う元康を見下ろし、はらりと瀬名は着物を脱ぎ去る。

暗がりに天女の如き女体の陰影が刻まれた。

わたくしに任せなさい、というように瀬名はうなずき、元康の上にまたがった。

何をするのだ、と驚く元康に対し、瀬名は落ち着いた所作で元康の男根を握った。

次いで、怒張した一物を女陰に導き入れると上下に律動し始めた。

唖然とする元康であったが、枕絵に描かれていたのを思い出した。

騎乗位というようだ。

想定外の営みに元康は動揺したが抗うことはできず、瀬名に身を任せた。

あっという間に精を放った。瀬名は無言で着物を身に着け、恥じ入るようにしとねに横たわった。

元康は半身を起こし、萎んだ陽物を見下ろした。やがて、瀬名はすやすやと寝入った。

初夜以来、瀬名とは騎乗位以外でまぐわったことはない。何だか見下されているようで、面白くはない。

いつか、瀬名を組み敷いてみたい……

そんな元康の欲望など微塵も斟酌せず、

「さあ、殿」

今夜も瀬名は元康にまたがった。

初夜との違いは、瀬名に恥じらいがなくなったことだ。寝屋での瀬名は常に元康を主導する主人であった。

「殿、きっと、よい子が生まれますぞ」

瀬名は自信たっぷりに語った。

「そうじゃな」

汗をかきかき、元康は応じた。

「都に上っても、女子を寝屋には招かないでくだされ」

瀬名は甘い声で頼んだ。

「むろん、女子など近づけぬ」

元康は約束した。

だが、瀬名は真に受けず、

「都は雅(みやび)な女が多いでしょうな。きっと、殿も目移りなさいますわ」

微笑(ほほえ)んでいるが瀬名の目は笑っていない。元康の福耳を両手で摑み、軽く顔を揺さぶった。

「信じてくれ」

元康は言葉に力を込めた、やんわりと両耳を摑んだ手を離す。

「ほんとですよ」

瀬名はしなだれかかってきた。甘い香が元康の鼻孔に忍び入る。

「明日は出陣じゃ」

元康はやんわりと身体を離した。

瀬名は真顔になって、

「手柄を立ててください。大きな武功ですよ」

「そうじゃな」

元康は生返事をした。

「また……気のない返事ですこと」

瀬名はきつい目で責め立てた。

「いや、そんなことはない。御所さまが公方(くぼう)さまをお助けし、この戦乱の世を終わらせてもらいたい。わしとて、一国の主にもなりたいと野心を抱いておるのだ」

「殿は今川家の一門に加わったのです。一門にふさわしい地位に上ってください」

釘を刺すように瀬名は頼んだ。

「瀬名は何処の国がよい」

瀬名の気持ちを和らげようと夢を与えた。

「わたくしは都が見てみたい。でも、暮らすとなりますと、やはり、駿府がよろしゆうございます。富士のお山を見上げながら日々を送りとうございます。ですから、駿府にあって、殿は下された国に守護代を送ればよいのです」

　現実離れした考えだ。尊敬する余り、今川義元を過大評価している。将軍を助けて天下の争乱を鎮めるどころか上洛すらも難題だ。しかし、瀬名に目を覚まさせる必要はない。群雄割拠した天下の形成を語っても理解できないであろう。今川は無敵で義元は天下一の大名だと信じているのが幸せだ。

　これから出陣は増える一方だ。その度に心配をかけるよりは今川は強大だから負けることはない、と安心してくれている方がいい。

「富士のお山を見上げるのは、やはり、駿府に限るな……三河の岡崎はどうじゃ。もっとも、岡崎からは富士は見えぬがな」

　ふと元康は岡崎を話題にした。自分でも思ってもいなかったことだ。やはり、心の奥底には岡崎城と松平家の家臣たち、領地、領民が棲んでいるのかもしれない。

「岡崎……殿がお産まれになった岡崎ですか」

　乾いた口調からして岡崎で暮らす気持ちなど微塵も抱いていないようだ。

「いや、たとえばということじゃ」

　言い訳めいてしまった。

　それが瀬名の気持ちを波立たせたようで、

「殿、岡崎が懐かしいのですか、岡崎に戻りたいのですか」

険のある目で問い直した。

「生まれた地ゆえ、懐かしくはある。しかし、今は駿府に住まいし、今川の武将となっておる。御所さまの為に尽くしたいと励もうと勇んでおる。ただ今回の合戦では尾張に向かう途次、岡崎を通るのでな、ふと話の俎上（そじょう）に載せたまでのこと。深い意味はない」

本音を覆い隠す説明で瀬名は納得しないか危ぶんだが、

「そうですとも、殿は今川家の中にあって、特に優れた大将となり、今川家を守（も）り立てていかねばなりませぬぞ」

と、それ以上、瀬名は追及しなかった。

「そのつもりじゃ」

元康は言った。

「殿がご出世くだされば、わたくしも鼻が高（た）こうございます」

「そうじゃな」

またも元康は生返事をしてしまった。

瀬名が怒ると思ったが、

「ほんとですよ」

甘えた声を出し、元康の手を握った。

「いや、さすがに出陣の前じゃ」

元康は断ろうとしたが、

「ですから、武運がつくよう、わたくしが」

瀬名は微笑んだ。

「いや、しかし」

抵抗しようとするが瀬名はのしかかってきた。

「殿」

瀬名は小袖の胸をはだけた。

豊かな乳房がまろび出る。

「いや、まことに勘弁だ」

元康は手で瀬名を押し退けようとした。すると、瀬名はその手を摑み、自らの乳房に導く。

「さあ、揉んでたもれ！」

瀬名は叫び立てた。

「いや……」

抵抗するも弱々しい。

「さあ」

瀬名に促され、元康は乳房にかかった手に力を込める。

「もっと強く」

大きな声で言われ、

「こうか」

元康はうわ言のように答えた。

「もっとです。そんな力では、戦に勝てませんぞ」

瀬名は元康の上で叫び立てた。

「どうじゃ」

負けじと元康は瀬名の乳房を揉みしだいた。

「もっと」

瀬名は目を瞑り、うわごとのように繰り返した。

よおし、と己を鼓舞し、元康は激しく乳房を揉みしだいた。瀬名は両目を硬く瞑る。両の人差し指と親指の間から覗く乳輪は赤子を産んだ為に肥大している。しかし、醜くはなく牡丹の花のようだ。尖った乳首がより一層の愛撫を誉めているようだ。

瀬名の白磁のような肌が薄紅色に火照り、薄っすらと汗ばんでなんとも艶めかしい。快楽の求道者となった瀬名の顔は修行僧のように険しいが、それだけに端麗さが際立っている。

小袖に潜ませた麝香の匂い袋のかぐわしさと生々しい汗の匂いが混じり、元康の鼻孔を刺激した。

夢見心地となった元康は左の乳首の先を親指で転がし、右の乳首にむしゃぶりついた。乳飲み子のように乳首を吸い上げると、

「と、殿～！」

瀬名の絶叫と共に乳が溢れ出た。右の乳首から絞り出された乳を味わい、左の乳首から噴出した乳を顔面に浴びる。

家康の欲情は高まり、腰を上下に動かす。瀬名も腰の律動を激しくした。

瀬名の眉間に深い皺が刻まれ……。

三

五月十八日の朝、元康は千の軍勢を率い、尾張と三河の境までやって来た。

馬上の元康は兜、大袖、胴、草摺り、脛当てに到るまで金色に輝く金陀美具足である。先鋒大将の役割成就を期待し、義元が贈ってくれた。

晴れがましい甲冑姿で陣を張り、元康は兵を休ませた。

酒井忠次と石川数正がやって来た。

「織田勢、びびっておるようですぞ」

忠次は例によって楽観的な見通しを見せた。

「信長殿はまだ清洲城におられるのか」

元康が確かめると、

「そのようですぞ。何でも、清洲城にあって、軍議でもろくに口を開かぬとか」

忠次は冷笑を放った。

座して死を待つ信長ではない。何か秘策があるのではないか。そう勘繰るのは信長に対する過大評価であろうか。

「ひょっとしたら、信長、和議を求めてくるのではないでしょうか」

忠次は考えを述べ立てた。

興味をそそられる。

「うむ、それで」

元康は先を促した。

「信長はいくつかの城と領地を差し出す気なのではないでしょうか。清洲城を一歩も出ないとは、今川勢の様子を窺っているのでしょう。出先の丸根と鷲津の砦ばかりが奮戦し、あれでは見殺しですな」

忠次は持論を展開した。

「そうかもな」

何とも判断できず、曖昧な返事しかできない。忠次は元康の浮かない顔を見て、

「殿、いかがされましたか。戦はこれからですぞ」

「わかっておる」

不安が生じ、返事に力が入らない。

「何か危惧の念が」

忠次は気になったようだ。

「信長殿が動かないというのがわからない。あの御仁らしくはない。村木砦の時は嵐の中、船を出させ、砦の背後に上陸し、今川勢を追い払ったではないか」

元康は疑問を投げかけた。

「あの時はそうせざるを得なかったのです。今川は六年前よりも強大になっております。尾張は三河との国境の多くを、今川によって侵されております。四万五千を呼号（こごう）する今川勢が攻め込んだとなれば、信長とて勝ち目はないと判断し、領国の一部を割譲しても生き残りを図るのではござらぬか」

忠次は元康の危惧を打ち消した。

「数正はいかに思う……信長殿のことじゃ」

元康は数正に話題を振った。

それまで黙っていた数正は元康に向き、

「今川は大きくなりましたが、織田も強くなりました。六年前、信長は尾張一国どころか織田家中もまとめられない有様でした。家督を相続して三年、父信秀から受け継いだのは尾張の下四郡、それも家中で争いが生じ、把握には程遠い状態でした。それが、今では織田家中をまとめ上げ、下四郡どころか上四郡も制し、尾張一国を支配下に置いております。熱田と津島の湊には数多の船が行き交い、熱田神宮、津島神社の門前は商いが盛ん、信長は商いを奨励し、莫大な運上金を手にしており、織田の台所は豊かです」

立て板に水の如き口調で数正は考えを述べ立てた。その冷静な分析は元康の危惧の念を高める。

「信長殿が大人しく御所さまに降伏したり、清洲城にあって座して死を待つ、とは考えられぬのう」

数正の考えを受け入れ、元康は忠次に異を唱えた。対して忠次は、

「しかし、信長は清洲城を一歩も動かぬのですぞ。村木砦の時のように嵐がくるのを待っているのですか」

皮肉交じりに反論した。

これには異を唱えられずにいると、

「織田勢は鉄砲を三百丁、揃えておるそうです。繰り返しますが台所、豊かですな」

数正が口を挟んだ。

忠次は失笑を漏らして言い返した。

「鉄砲など戦では役に立たぬ。信長は珍奇なものが好きだそうですからな。しかし、趣向でそんなものを買い揃えたとて無駄遣いと申すもの。織田家の台所が豊かであっても道楽に大金を費やすなど、信長の器量が知れますな」

どこまでも忠次は信長を評価しない。

それに対し数正が意見を言おうとするのを元康は制し、

「村木砦の合戦において、信長殿は自ら鉄砲を放って、今川勢を追い散らしたそうだぞ」

続いて、

「信長は鉄砲を戦に用いる手法を考えておるものと思います」

数正は言った。

結局、信長の動きは読めず、

「ともかく、我らは大高城に兵糧を運び入れるぞ」

元康は話を打ち切った。

元康は軍勢を率いて大高城に向けた。

織田の前線である丸根砦から元康の行軍を阻もうと弓矢を雨のように射かけてくる。しかし、元康の指揮の下、松平勢の士気は高く、畏れもなく敵勢に突撃し、激しく斬り結ぶ。

元康は策を用いた。

丸根砦に攻撃を仕掛け、交戦中に荷駄隊を大高城に向けたのである。丸根砦攻めが本気であることを示そうと、元康は荷駄隊ではなく砦攻めに加わり陣頭で指揮を執った。金陀美具足の若武者は白兵戦にあってもひときわ目立っている。この為、大将首を挙げんとする敵の標的にされている。

元康も猛った。

馬上で鑓を振るい、砦から出てきた敵勢の真っただ中に突っ込む。群がる敵を相手に臆することなく鑓を振るった。

忠次が馬を寄せ、

「殿、引かれませ」

と、怒鳴るように声をかけてきた。

いくら何でも最前線に過ぎることを危険視している。しかし、元康は聞く耳を持たず、鑓を振るい続ける。血飛沫(ちしぶき)を浴びながら、阿修羅(あしゅら)の形相で一人の武者と化していた。

「ここで命を落とすなら、それまでの男だ。瀬名が期待するように一国の主どころか一城の主人にもなれぬ」

そう念じて戦い続ける。

「殿、引くのです」

必死の形相で忠次が繰り返す。

忠次のしたり顔に逆らいたくなった。

「わしは死にはせぬ」

元康は金色の胴に覆われた胸を張った。

その時、轟音(ごうおん)が耳をつんざいた。

馬が棹立(さおだ)ちとなり、慌てて手綱を握ったが元康は真っ逆さまに落馬した。

「種子島(たねがしま)じゃ」

忠次は鉄砲が放たれたことを告げた。

その声が遠くかすんでゆく。

明くる十九日の昼、元康は大高城にいた。

落馬したものの元康に大事はなく、兵糧も無事に大高城に運び入れた。

「無事に役目を果たし、まずはめでたい」

二の丸御殿の濡れ縁に立ち、元康は空を見上げた。暗雲が立ち込め、遠く雷鳴が轟いている。傍らには忠次と数正が控えていた。

「雨風が強くなりそうだな」

元康は呟いた。

「よい、暑気払いになりましょう」

忠次はほっとしたように応じた。

程なくして雨が降り出し、稲光が走った。

「丸根、鷲津の砦は落ちました。この後は清洲まで一気呵成に攻め立てるまでです。殿が先鋒を任されましょう。さすれば、我ら松平勢が清洲城に一番鑓をつけることになりますぞ」

忠次の見通しに、

「よし、一番鑓じゃ」

元康が決意を示そうとしたところで、

「殿、なりませぬ。この後は後方にて軍勢の指揮を執られよ」

いかにも懲りたであろうとの忠次の諫言であった。

「鉄砲、いかにも強烈であったな。肝を冷やしたぞ」

衝撃が蘇り、元康の全身が粟立った。

「流れ矢、流れ玉が飛び交うのが前線でござります。大将たるもの、そのようなことで命を落としてはなりませぬ。それこそ犬死にでござりますぞ」

くどいくらいに忠次は小言を繰り返した。

「わかっておる」

元康は顔をしかめた。

すると、大高城主、鵜殿長照がやって来た。

「元康殿、かたじけない」

鵜殿に感謝され元康は喜ばしい思いに包まれた。

「貴殿、丸根砦の織田勢相手によくぞ奮戦なさいましたな。奮戦が報われますぞ。御所さまが着陣なさいました」

鵜殿は今川義元が桶狭間山に本陣を構えたと言い添えた。

「桶狭間山ですか……」

正直、どんな所なのか元康にはわからない。それを察した鵜殿は桶狭間山について教えてくれた。大高城から東に半里程にあり、山というよりは小高い丘だそうだ。

「本陣を据えれば、鷲津、丸根砦はもとより、北にあって未だ落ちていない織田方の中島、善照寺、丹下の各砦を眼下に見渡せます」

今川の侍大将、岡部元信が城主となっている鳴海城の周囲に信長は中島、善照寺、丹下の三つの砦を設けていた。

敵の前線基地の動きを目の当たりにできる桶狭間山は、軍略上の要地だと元康にも理解できた。

「鳴海城の岡部殿と共に御所さまの本軍が攻め立てれば、三つの砦は労せずして陥落します。さすれば、清洲までも一気呵成に攻め込めますぞ」

鵜殿の言葉に忠次も数正も大きく首肯した。三人は義元の勝利を確信している。もちろん、元康も今川勢大勝を信じて疑わない。大高城を出撃せよという義元の下知を今か今かと待っている。

鵜殿は元康を労い、義元からの命令が届くまで休息を勧めた。

雷鳴が轟き、雨風が吹き荒れた。

「この天気では、織田勢も動けませぬな。信長は天にも見放されたようですぞ」

雨空を見上げてから鵜殿は雷鳴に肩をすくめて立ち去った。空梅雨であった分の雨が一度に降っているのではないか、と思える程の雨脚だ。

「嵐か……」

元康は呟き、ふと不安が胸を過った。

信長なら雨が降ろうが鑓が降ろうが、勝機と見たら、躊躇いもなく出陣するだろう。

胸騒ぎを覚えながら元康は休息の間に入った。近習が元康に近づき、甲冑を脱がせようとした。

が、

「いや、よい」

甲冑を身に着けたまま座した。

忠次と数正が入って来た。

元康は忠次に問いかけた。

「清洲の動きはどうなっておる」

「信長、清洲城を出陣し熱田神宮に軍勢を集結させたようです」

数正は答えると、

「信長め、神頼みするしかないのでしょうな」

忠次は嘲った。

すると物見がやって来て、織田勢が善正寺砦に着陣したと報告した。

「信長の軍勢か」

忠次が確認すると、物見はそうですと答え、

「軍勢はいかほどじゃ」

元康が問いを重ねた。

「およそ、二千であると」

物見は答えた。

忠次は笑い、

「二万五千の軍勢に二千か。自害でもするのか」

と、元康を見た。

元康は答えず数正に視線を向け、考えを求めた。

「信長は清洲に籠城するのをよしとしなかったのでしょう。籠城は援軍あってこその戦法ですからな」

数正の考えに、

「それゆえ、今川の大軍相手に野戦を仕掛けるつもりなのか」

忠次はいかにも無謀だと言いたげである。

すると、またも物見がやって来て、信長は軍勢を率いて中島砦に移ったと報告した。中島砦は最も桶狭間山に近く、およそ一里である。信長は今川の本陣と目と鼻

の先に陣取ったのだ。

恐れを知らぬ信長らしい。

「御所さまは桶狭間山に陣を張ったと聞いた。兵どもは何をしておる」

元康の問いかけに、

「乱捕り(らんど)のようですな」

数正が苦笑混じりに答えた。

乱捕りとは、敵地に攻め込み、周辺の村に押し入って食料や銭を奪ったり、男女を攫(さら)うことを言う。男は奴隷として売り飛ばす。女は凌辱(りょうじょく)してから遊女屋に売った。戦に加わった将兵の楽しみであった。

乱捕り目的に軍勢に加わる者は多い。兵たちの楽しみは乱捕り、陣での博打(ばくち)、遊女買い、そして白米を食べることである。彼らの性欲をあてに遊女が戦陣を訪れる。比丘尼(びくに)の格好をし、討死した者を祈ることを名目とした。

「ですが、この嵐、兵どもは乱捕りも思うように任せないでしょうな」

忠次は言った。

不届きと思いつつ、

「比丘尼か……」

元康は情欲に駆られた。

戦で雄の本能が猛ったのかもしれない。

そうだ、戦陣ならば瀬名の目は届かない。つい、ほくそ笑むと、

「殿、比丘尼に供養してもらいますか」

忠次はにやりとした。

「そうだな、この嵐だしな」

元康も大っぴらに笑みを浮かべた。

忠次は比丘尼の手配をした。

家康は甲冑を脱ぎ、鎧直垂姿となって寝間に入った。

あれこれと妄想が広がる。

どんな女だろう。

組み敷いて思う存分に欲望を遂げるぞ。

程なくして尼僧の格好をした女が入って来た。

下ぶくれの面相で太り肉の女だ。期待が膨らんでいた分、失望も大きい。それでも、瀬名以外の女を抱けるということで再び情欲の炎が立ち昇った。

比丘尼は頭巾を取った。

はらりと黒髪が垂れる。

何時の間にか嵐は過ぎ去り、晴天となった。

元康は比丘尼を手招きした。

比丘尼としとねを共にしようとしたところへ、

「殿！」

と、忠次の無粋な声が聞こえた。

「まったく……」

舌打ちをすると、

「殿！」

もう一度、忠次は呼ばわった。

「聞こえておる」

苛立(いらだ)たしさを押さえながら、元康は下帯を身に着けただけの格好で寝間を出た。

むっくりとした股間を手で隠し、忠次を見る。忠次の顔は蒼ざめている。

只(ただ)ならぬことが起きたようだ。

「どうしたのだ」

嫌な予感に駆られつつ元康は訊(き)いた。

「御所さまが……御所さまが……う、討死あそばしたそうです」

声を上ずらせ忠次は告げた。

「……なんじゃと、まさか……御所さまが……誰に……敵は誰だ」

動転のあまりとんちんかんな問いかけをしてしまった。敵は織田信長に決まっている。忠次も混乱しているようで、

「おそらくは、織田勢であろうと」

曖昧に言葉を濁した。

「確かなのか。織田勢は二千と物見が報せたではないか」

忠次を責めるような口調になってしまった。

「は、はい」

忠次はしどろもどろとなり言葉が続かない。

「まずは、真偽を確かめよ」

元康は命じた。

忠次は下がった。

「そんな馬鹿な……」

元康は茫然と立ち尽くした。

今川義元が討たれた、とは。そんなはずはない。駿河、遠江、三河の太守。武田信玄、北条氏康とも互角、いや、彼ら以上に屹立した武将の今川義元が、文にも長け、都の公家からも尊敬される貴公子の義元が、駿府の御所さまが討死とは……。

攪乱（かくらん）ではないのか。

信長が偽の噂を流し、今川勢の混乱を誘っているのではないか。

「きっと、そうだ」

思わず声を大きくした。それなら納得できる。

「どうしました」

寝間から比丘尼の声がした。

事に及ぶところだった。しかし、今は同衾（どうきん）する気になどなれないし、そんな場合ではない。

「すまぬが、急用ができた」

元康は言った。

「あら、そうですか」

比丘尼は戸惑っている。

「身支度を急げ」

言いながら元康も鎧直垂を身に着けた。

比丘尼が出て行くと、鵜殿長照が泡を食ってやって来た。義元討死を聞いたのに違いない。

果たして、

「元康殿、御所さまが……」

鵜殿の歯がかたかたと鳴った。

「目下、真偽を確かめております」

元康は落ち着きを取り戻した。

「そ、そうですな」

不安そうに鵜殿はうなずいた。

「こういう時こそ、落ち着かねば」

自分に言い聞かせるように元康は言った。

続々と物見による報告がなされた。

どの報告も義元討死、今川勢敗走の報告ばかりである。

鵜殿は膝から頽(くずお)れた。

元康も座り込んだ。立ち上がる気力もわかない。福耳も縮んだような気がした。

そこへ、数正がやって来た。

「おお、数正……織田勢が勝利とはどういうことだ」

織田勢の勝因を知ったところで栓無いとは承知しつつも、気になって仕方がない。

「さては、信長の果敢な指図でござりましょう」

もっともらしい顔で数正は答えた。

「信長殿はわずか二千の兵で御所さまの本陣を襲ったのか」

どうにも解せない。

「嵐をものともせずに突撃をしたのでしょう。まさか、織田勢が攻めてくるとは思ってもいなかった今川勢は慌てふためいたのではありませぬか。おまけに、多くの兵が乱捕りに出ておったのも不運でした」

数正らしい冷静さで語った。

「そうか……」

元康は絶句した。

「殿、いかにされますか」

忠次もやって来た。

「そうじゃな」

元康は頭の中で整理をした。

程なくして大高城にも織田勢が押し寄せるだろう。今川義元を討ち取った余勢を駆り、果敢に攻め立てるに違いない。

「信長殿と戦うか」

呟いてから、勝てるはずはないと元康は暗い気持ちになった。

「駿府に引き上げましょう」

忠次が進言した。

「うむ」

返事をしてから元康はようやくのこと腰を上げた。

不意に、

「岡崎に戻りませぬか」

数正が言った。

元康はぴくりとなって数正を見返した。

「岡崎にか」

実感が湧かない。

「この機を逃すべきではない、と存じます」

強い意志を以(もっ)て数正は勧めた。

「そうじゃのう……」

元康は答えたものの判断がつかない。忠次が、

「駿府には奥方とお子がおられますぞ」

と指摘した。

瀬名と竹千代が脳裏に浮かぶ。瀬名の腹の中には二番目の子供が宿ってもいる。

「氏真(うじざね)さまは殺(あや)めたりはなさりますまい」

数正は言った。

氏真とは義元の嫡男、義元から家督を譲られ駿府で留守を預かっている。

元康を気遣ってのことだろうが、慰めにしか聞こえない。

「御所さまが亡くなったのだ。それをいいことに、岡崎に戻ったら裏切り者と見なされるに決まっておる」

断固として忠次は反対した。

「それもそうじゃ」

元康もそう思う。

「我ら、いつの日にか岡崎に戻るのが悲願であったはず。民も殿が戻られるのを待っておる。岡崎に戻れば、三河衆の結束は固くなりましょう。今川から裏切りを咎(とが)められ、攻め込まれようと負けるものではございませぬ。それに、御所さまを失った今川は混乱は免れませぬ。今川家中と領国を守るのが先決となりましょう」

数正は見通した。

「今川は三河も領国と思っておる。三河を手放すことはない」

忠次は不安そうだ。

「武田と北条は今川と盟約を結んでおるが、御所さまが亡くなったと聞けば、どう出るかのう」

別の角度から数正は疑問を呈した。

「武田は裏切るか」

元康も気になった。

「信玄は海に出ることを望んでおります。上杉謙信(うえすぎけんしん)という軍神がおる限り、越後(えちご)の海には出られませぬ。となりますと、今川義元亡き後の駿河の海を得たいと思うのではないでしょうか」

「なるほど、氏真殿も今川家の重臣どもも武田への備えを考え、とても三河には手が回らないか」

光明が差したように思えた。

「岡崎に戻り、三河を強い国にするのです」

数正は進言を繰り返した。

「うむ」

元康の気持ちは岡崎に傾いた。

が、

「信長はいかがするでしょうな」

忠次の問いかけが元康の心を揺らす。

「そうじゃ、今川が攻めては来ぬかもしれぬが、信長殿が三河を攻めるかもしれぬ。

いや、かもしれぬではない。きっと、攻めてくるぞ」

元康の心配は深まった。

忠次は続けた。

「数正、織田への備えを考えねばならぬぞ。今川を裏切っては今川の後ろ盾を失う。岡崎に帰るのは、駿府に帰陣して氏真さまや重臣方の許しを得てからでも遅くはない。織田への備えとして岡崎城に入る、と申せば氏真さまは承知してくださるだろう」

対して、

「岡崎に戻ることを許されぬと思う。松平家が力をつけるのを氏真さまは認めぬ」

数正は懐疑的である。

「御所さま亡き今川は駿河と遠江を守るので手一杯じゃ。三河までは手が回らないのじゃ」

断固として忠次は主張した。

元康は判断がつかなくなった。

酒井忠次、石川数正、どちらの言い分が正しいのか。

どちらが正しいか間違っているかではない。どちらかに決めなければならないのだ。決めて正解を求めなければならない。

どうすればいい。

元康は爪を嚙んだ。幼き頃から直らない癖である。危機や難問に直面すると、思わず元康は爪を嚙む。幼い頃は、近侍する者に直すよう諫言されたが、今以て直らず仕舞いである。

「駿府に戻りましょう」

忠次は強く言った。

「岡崎に帰るべきです」

数正も主張を変えない。

「しばし、待て」

爪を嚙みながら元康は考え込んだ。

忠次と数正はお互い目を合わせようとしない。

どちらの顔を立てるべきか。

いや、そういう問題ではなく、駿府か岡崎か、どちらが今後の松平家にとって武運が開けるのか。

腹がちくちくとしてきた。

「う〜む」

出るのはため息だ。

忠次と数正が恐い目をむけてきた。

四

「駿府に戻る！」

元康は決断した。

「よくぞ決意された」

忠次は破顔した。

数正は黙り込んだ。忠次が直ちに出陣の準備にかかると部屋を出た。

元康は数正に、

「数正、すまぬ」

と、詫びた。

数正はにこやかな顔で、

「殿、家来に頭を下げるものではござらぬ。たとえ自分の意に沿わなくとも、殿が決断されたことに従うのは家来の務めでござる」

と、理解してくれた。

ほっとした。

松平勢は大高城を出ると東へと進む。今川勢敗走、義元討死の噂を聞き、兵たちの中には逃亡する者が跡を絶たない。

「ずいぶん、少なくなったのう」

元康は呟いた。

千を超える兵が三百余りに減っている。こんな調子で駿府に辿（たど）り着けるのだろうか。途中、織田勢に襲われたらお仕舞だ。いや、織田勢でなくとも、落ち武者狩りの野伏（のぶ）せりや百姓たちの襲撃があるかもしれない。

忠次が馬を寄せて来た。元康の危惧を察したのだろう。

「水野（みずの）殿を頼ってはいかがでしょう」

水野殿とは三河刈谷（かりや）城主、水野信元（のぶもと）である。元康の実母、於大（おだい）の方の兄に当たる。信元が水野家を継ぐ前、水野家は今川の傘下にあった。ところが、信元が家督を継ぐと織田に接近した。この為、元康の母於大は水野家に返され、於大は尾張の知多（ちた）郡坂部（さかべ）城主、久松俊勝（ひさまつとしかつ）に嫁いだ。

今回の合戦も信元は信長の指揮下に加わっている。

「伯父（おじ）上は信長殿に味方しておるのじゃぞ。手助けなどしてくれぬ」

元康は悲観的な考えを述べ立てた。

「お母上さまに口添えをして頂いてはいかがでしょう」

忠次は進言した。

於大が嫁いだ坂部城は知多半島の根本、遠くはない。

「そうじゃのう。しかし、母とはずいぶんと会ってはおらぬ。果たして、味方になってくださるか」

元康は躊躇った。

於大が父広忠（ひろただ）から離縁されたのは元康が数え三歳の頃だ。正直、元康には母の思い出はない。

「血の繫（つな）がった母親なのです。お腹（なか）を痛めたわが子の願いを拒絶なさるはずがございませぬ」

迷いもなく忠次は言い張った。

「そうじゃのう」

迷いは消えないが、元康は母との再会に気持ちが傾いた。

すると、

「しかし、このまま坂部城へ兵を向けるのは危ないですな。事情を知らぬ坂部城ならば、我らを今川勢と見て、合戦を仕掛けてくるかもしれませぬ」

忠次は元康の決断を鈍らせるようなことを言った。

「ならば、会えぬではないか」

元康は不満を言い立てた。

「ですから、大樹寺にお連れします。一旦、大樹寺に入りましょう」

大樹寺は松平家の菩提寺であり、なるほどここから近い。

元康は大樹寺に兵を向けた。


大樹寺では住職の登誉天室が待っていた。

まずは祖父清康と父広忠の墓に手を合わせた。

清康は三河統一を成し遂げたが、常軌を逸した家臣阿部弥七郎に刺殺された。享年二十五の若さだった。清康の横死が松平家衰退を招く。三河は織田と今川の草刈り場と化し、父広忠は今川の傘下に入った。

皮肉なことに広忠も家臣岩松八弥に殺された。清康より若い二十四年の生涯であった。偶然か因果か、清康と広忠の命を奪った刀は村正である。

墓参を終え、庫裏の客間に入った。

「元康殿、立派になられましたな……と褒め上げたいところなのじゃが、一大事出来ですな」

天室は今川の敗北と義元討死を知ったようだ。

「思わぬ事態が起きるのが戦ですが、さすがに御所さまが討たれるとは夢想だにしておりませんでした」

元康は言った。

「今後、いかになさいますか」

天室に問われ、そうだ、天室にも相談しようと思い立った。

「駿府に戻ろうと思いますが……」

天室の考えを求めるように語尾を濁らせた。

「そうですか……それは残念ですな」

天室は小さくため息を吐いた。

「天室殿はわしが岡崎に戻るのをお望みですか」

元康の問いかけに、

「岡崎の者、拙僧に限らずみな揃って元康殿のお帰りを待ち望んでおります」

躊躇いもなく天室は答えた。

困った……

一旦、駿府に帰ることを決断したのだ。その決意が鈍ってしまう。

元康は苦渋の表情を浮かべた。

「駿府にお帰りになるのは御所さまへの義理でしょう。最早、元康殿は今川家のお方になられたのですな」

　咎めることはなく、天室は淡々と言った。

「いや、今川家の者とは……」

　言い訳めいたことを返そうとするのを天室は遮り、

「元康殿は今川の先鋒大将、奥方は御所さまの姪御、今川家を支える大黒柱ですな。大黒柱が抜けては今川家の身代にかかわりますな」

　理解を示すように天室は言い添えた。

「まあ、その……今川一門の片隅に加えられたところです」

　元康は言葉が曖昧になった。

　今川に属すことを元康が躊躇っていると解釈したのか天室は異を唱えた。

「敢えて申します。岡崎は元康殿が城主となる地でありますぞ」

　元康は押し黙った。

　天室は、

「すみませぬ。余計なことを申しましたな。ごゆるりとなされよ」

　と、部屋から出て行った。

　ごろりと仰向けになった。

　さて、どうする。

母は来るのだろうか。十六年もの間会っていない親子の再会が現実となって迫ってくると、平常心ではいられない。母の面影すら残っていない。於大にしても元康を覚えてはいないだろう。

いつしか、疲れが押し寄せてきた。睡魔に襲われ、しばしまどろんだ。

どれくらい経(た)ったであろうか。

忠次に起こされ、於大がやって来たことを告げられた。

「母が来たか」

元康の胸は疼(うず)いた。

甘酸っぱいものがこみ上げ、全身から力が抜けてゆく。元康は身形(みなり)を整え、於大が待つ客間へと向かった。

「失礼つかまつる」

元康は声を上ずらせた。

「入りなされ」

声が返された。

母の声のような気がした。記憶の彼方、耳朶(じだ)奥に残っていた母の声に間違いはない。元康は襖を開け、中に入った。

「お久しゅう……」

挨拶をしようとすると、於大の他に見知らぬ男がいる。於大はふくよかで楚々としたたずまい、包み込んでくれるような慈愛に溢れていた。

「竹千代……いえ、元康殿、逞しゅうなられましたな。立派な若武者ぶり、母はうれしゅうございますぞ」

於大は座るよう勧めてからちらっと男を見た。

「久松俊勝殿ですよ」

於大の夫である。

国人領主にしては気弱そうな男であった。

元康は一礼し、名乗った。久松も挨拶を返し、

「ご苦労の甲斐があって於大が申したように凛々しき若武者になられた。めでたい、と申すべきじゃが、義元公にあられては、武運拙く、討死なさったとか」

「まこと、御所さまにおかれましては悲運なことになりました」

元康も義元の死を嘆いた。

久松は二度、三度うなずいてから、

「ならば、久しぶりの母子の対面、水入らずがよかろう」

と、気遣いを示し、部屋を出て行った。

「しばらくぶりに会う母上に、大変失礼ながら頼みがあるのです」

申し訳なさそうに元康は切り出した。

「何でしょう」

於大は慈愛のある笑みをたたえた。

「伯父上に加勢を頂きたいのです。駿府に帰らなければなりませぬ。駿府までとは申しませぬ。三河を通るまで、遠江に到るまで、加勢を願えませぬか」

元康は期待を込めて頼んだ。

「お断りします」

於大は即座に返した。

意外だと感じたのは自分の甘さであろうか。母なら何でも願いを叶えてくれる、と願ったのは愚かに過ぎたのだろうか。

「伯父上は信長殿にお味方なさっておられます。そのことは承知しております。今回の戦でも織田勢に加わって参陣なさいました。ですが、合戦が終わったからには、一時であろうと敵味方の関係を解いて頂くわけにはいかないのでしょうか」

切々と元康は訴えた。

「それはできませぬ。敵味方に分かれて戦った者同士ですよ。逆の立場ならどうでしょう。今川が勝利し、刈谷城まで逃げようとする兄を松平勢は守るのですか」

もっともな考えを於大は述べ立てた。

ぐうの音も出ない。

「元康殿、あなたは大将なのです。松平の家をまとめ上げていかねばならないのですよ」

諭すように於大は言葉を重ねた。

元康は黙ったままだ。

於大は微笑み、

「お子は何人ですか」

と、話題を転じた。

水野信元への取り成しはこれで終わりということだ。

「男子が一人、加えて奥ははらんでおります」

元康は答えた。

「そうですか。子は沢山作りなされ。子は家の繁栄には欠かせませぬぞ」

「母上は……」

元康は問いかけた。

「わたくしは、久松殿との間に三人のおのこと二人の姫を産みました」

「そうですか」

知らぬ間に弟と妹が五人もいたのだ。

「子を沢山、お作りなされ」

於大は繰り返した。

「はい」

元康は頭を下げた。

「側女を持つのもよいでしょう」

更に於大は踏み込んだ。

「いえ、目下、そのつもりはありませぬ」

元康が答えると、

「奥方に遠慮しておられるのですか。奥方は義元公の姪御ですね。大変に気位が高いお方だとか」

於大は元康が瀬名の尻に敷かれているのではと危ぶみ、批難しているようだ。

元康は返答しない。

「とにかく、ここは松平家の存亡がかかります。今川の下におっていいのか、独立するのか、腹を括りなされ」

於大はそれだけ言い置くとすっくと立ちあがった。慈愛は感じたが、戦国武将の妻らしい毅然とした態度で接せられ、元康は再会の喜びよりも戸惑いが残った。

それから、続々と報告がもたらされた。

行く手を落ち武者狩りの連中が跋扈し、虎視眈々と松平勢を待ちかまえているというものだ。

忠次が、

「水野勢の加勢はいかがでしたか」

期待を込めて聞いた。

「断られた」

力なく元康は首を左右に振った。

忠次は絶句した。

そこへ数正が入って来た。

「ぐずぐずしておれませぬぞ。野伏せりども、こちらに向かっております」

数正の報告を受け、

「岡崎城に入る」

元康は決断した。

岡崎城は二里程だ。

「と、申しても、目下岡崎城は今川勢が入っておるのう」

元康が言ったところで物見からの報告が入った。今川勢は岡崎城を出て撤退をしているそうだ。

さらに物見が驚きの一報をもたらした。

今川の武将、岡部元信が刈谷城を攻め落とし、水野信近を討ち取ったというのだ。信近は信元の弟で信元出陣を受け、留守を預かっていたのだ。

「さすがは岡部殿ですな」

忠次は一矢報いた、と岡部元信を絶賛した。元康は、

「これで、水野勢の助力は完全にあてにできなくなったのう」

と、呟いた。

数正は勧めた。

「殿、岡崎城へ入りましょう」

忠次も異を唱えなかった。

「今川勢が去ったとあれば岡崎城は捨てられた。拾っても構わぬな」

熱い気持ちがこみ上げる。元康は敢然と起ちあがった。

岡崎城に入った。

元康はこの城で生まれたのだ。しかし、岡崎城での記憶はほとんどない。数え六

歳から人質に出されたのだ。

それでも、父と祖父が拠点とした城、まごうかたなき松平家の本拠なのだ。しかも、当初は銭で織田に売られたのだ。

「殿、さあ、こちらへ」

忠次が元康の案内に立ち本丸御殿に入る。大広間であった。そこの上段の間を指差し、

「殿、さあ、お座りくだされ」

と、言った。

元康は板敷を踏みしめ、上段の間に向かった。城主の座である。

上段の間で元康はどっかと腰を据えた。主だった家臣が大広間に着座した。

一斉に頭を垂れる。

元康はかつてない高揚を味わった。

「岡崎城主、松平元康さまじゃ」

忠次は言った。

最早、駿府に戻ろうなどとは言わなかった。

家臣の士気も高かった。今川の頸木（くびき）から解き放たれた喜びを感じているようだ。

やはり、ここが自分の居場所なのだ、と元康は確信した。

瀬名と竹千代、まだ見ぬわが子に思いを馳（は）せる。瀬名、竹千代、無事でいてくれ。

そうだ、瀬名と竹千代をこの城に招きたい。瀬名は城主夫人、北の方になるのだ。気位の高い瀬名ならば、満足するのではないか。それとも、駿府の方がいいと聞き入れないだろうか。

大広間で家臣を謁見(えっけん)してから元康は数正を呼んだ。

「瀬名と竹千代をこの城に迎えたい」

元康は言った。

「承知しました」

お任せください、と数正は請け負った。

「氏真殿は返してくれるかのう」

元康は心配した。

「そのように致します」

「岡崎城に戻ったこと、きっと、お怒りだぞ。今川を裏切ったとな」

元康の危惧を、

「三河は織田の防波堤になる、と主張します。氏真さまは、駿河と遠江を治めるので手一杯です。織田の侵攻を三河が防ぐ、そう主張すれば氏真さまも得心なさると思います」

言葉に力を込め数正は力説した。

「それで通じるかのう」

元康の心配は去らない。

「お任せあれ」

数正は言った。

「もう、岡崎城に入ってしまったのだ。今更、引き返せぬのう」

元康も覚悟を決めた。

第二章　清洲同盟　―浮気発覚―

一

岡崎城に戻ってから一年近くが経過した永禄四年（1561）の四月、元康は岡崎城本丸御殿の奥書院で駿府の今川氏真に文をしたためていた。

岡崎城に入って以来、元康は度々書状を送っている。御所さまの仇（かたき）を討ちたい、尾張に攻め込みたい、と訴えていた。今川を裏切ったわけではないと示しているのだ。

しかし、氏真からの返書はない。

元康を裏切り者と思っているのだろう。

それにしても、気になるのは瀬名と子供たちだ。瀬名は娘を産んだと報（しら）せてきた。

元康は娘を亀（かめ）と名付け文をしたためた。瀬名の手紙は自分と子供たちを置いて岡崎城に入った元康への不信感と嫌悪に満ちていた。

無事、岡崎城に迎えたとしても、以前にも増して瀬名の尻に敷かれるのではないか。いや、夫婦仲は冷えるか、いさかいが絶えないのではないか。

瀬名からの文が届くたび、元康の胸は瀬名への罪悪感と畏(おそ)れ、子供たちへの愛情に揺さぶられる。

瀬名と子供たちの身が心配だが、元康自身と松平家の将来を思うと妻子にかまけてばかりはいられない。今川から独立したつもりだが、まだまだ基盤は不安定だ。三河国内に存在する織田方の城や砦(とりで)を巡る合戦は続いているが、今川を頼るわけにもいかない。

幸いなことは松平家中が結束していることだ。元康を岡崎城に迎え、松平家による三河平定に邁進(まいしん)していた。その甲斐(かい)あってか、西三河にある織田方の城、砦を次々と攻略している。忠次は松平勢の勇猛果敢さが織田勢を圧していると勇み立っているが、元康は違和感を覚えている。

信長は援軍を出さないのだ。

まるで三河の城、砦は捨て殺しにしているようだ。

意図はわからないが、信長の目が三河に向かない内に織田勢を一掃しよう。その後は東三河だ。東三河には今川方の城、砦が散在している。それらの城、砦を攻めれば名実ともに今川と敵対することになる。氏真は瀬名と子供たちを生かしてはおかないだろう。

瀬名と子供たちばかりではない。

松平家中には駿府に妻子を残したままの者が珍しくはないのだ。妻子を犠牲にしてまで今川と敵対する三河平定を家中の者は望むだろうか。

それに、やはり気になるのは信長だ。

西三河にあった織田方の城、砦を見捨てたようだが果たして三河に関心はないのか。ひょっとしたら、今川との合戦が始まるのを待っているのではないか。東三河にある今川方の城、砦攻略に軍勢を差し向けている隙に、岡崎城を狙うのではないか。

桶狭間を思い出せ。

信長は今川勢が攻めかかる丸根、鷲津の砦を見殺しにして義元の本陣を攻め、大勝したではないか。

思案をすればする程、混迷が深まるばかりだ。

ため息を吐いたところで、伯父水野信元から書状が届いた。訝しみながら文を開ける。

なんと信元は信長と盟約を結ぶことを勧めてきた。

酒井忠次、石川数正の二人を呼び、信元の提案に対する意見を聞こう。

奥の書院で元康から忠次と数正に盟約の話を切り出した。

「伯父上は信長殿が織田と松平の盟約を望んでいると書いている。わしは、満更、偽りではないと思う。西三河にあった織田方の城や砦を攻めても信長殿は援軍を出さなかったことがそれを物語っておるのではないか」

元康は信長が本気で盟約を結ぼうと望んでいると想定してから、二人に意見を求めた。

「拒絶すべきです」

即座に忠次は反対した。

「数正はいかに考える」

おそらく、賛成するだろうと思いながら問いかけた。

「一つの選択と存じます」

慎重な物言いを数正はした。

「信長と結べば今川とは敵対、奥方さまや竹千代君、亀姫さまのお命も危うくなりますぞ」

忠次は元康の危機感を煽る。

数正は、

「それゆえ、奥さまとお子さま方を岡崎城にお迎えせねばなりません」

「そんなことはわかり切っておる。奥方さまやお子さまが駿府を出られないから殿は悩んでおられるのだ」

渋面を作り忠次は数正を見た。

数正は元康に向き直り、

「殿、奥方さまとお子さまが岡崎城にお迎えできましたら、信長と盟約を結びますか」

「う〜む、そうじゃのう……」

元康は言い淀んだ。

元康の代わりに忠次が答える。

「奥方さまが承知なさらぬであろう。奥方さまは亡き御所さまを心から尊敬しておられた。御所さまを討った信長は仇だ。殿が仇と手を結んだなら、奥方さまの気性からして、殿を裏切り者と責め立てるに違いない」

忠次の言葉を受け、数正は持論を展開した。

「殿が奥方さまを納得させなければなりませぬ。戦国の世を生き抜く城主の妻たる者の心得がおわかりになるよう、殿が諭すべきことです」

数正は信長と同盟することが戦国の世を生き抜く最善策だと考えているようだ。

「さて……」

元康は爪を噛(か)んだ。

すると忠次が、

「そもそも、水野信元殿、信用の置ける方でしょうかな」

信元への疑念を言い立てた。

「伯父上か……」

元康も信元の人となりはわからない。

「信長との仲介の労を取ると言いながら、殿のお命を狙っておるのかもしれませぬ。信長に殿の首級(しゅきゅう)を献上するつもりかもしれませぬぞ」

忠次が勘繰ったところで、またしても信元から書状が届いた。

早速目を通す。

信元は城主である刈谷から程近い池鯉鮒(ちりゅう)の料理屋に誘ってきた。料理屋で一献傾けながら盟約の話をしよう、と記している。

「それみたことか」

と、忠次は顔を歪(ゆが)め、

「水野は殿を誘い、池鯉鮒の料理屋で誅殺(ちゅうさつ)するつもりでござるぞ」

これみよがしに言い立てた。

「ちょっと待て」

元康は一通の書状が添えてあるのに気づいて取り出した。

「母上からじゃ」

於大の添え状である。

於大は織田と盟約を結ぶことが松平家にとっては利となり、まずは信元と膝を突き合わせて話をしてはどうか、と強く勧めていた。信元の誘いが謀略ではない、と於大が保証しているのだ。

「於大の方さまが保証をなさっておられるのです。水野殿の誘いに乗り、話し合いに臨むのもよいのではないか、と考えます」

数正は言い立てた。

忠次は不満顔で口を閉ざした。反論すれば於大を疑うことになる。元康の実母が元康誅殺に加担するとは口にできないのだろう。

「行くか」

元康はその気になった。

忠次は異を挟まず、

「ならば、警固(けいご)の者を厳選致します。もちろん、水野殿には伏せて、ひそかに殿を御守り致します」

「うむ、任せる」

元康が返すと、

「酒井殿は城を守られよ」

数正は忠次に言った。

抗（あらが）うと思いきや、

「わしも同席致す、と言いたいがそう致そう」

忠次は受け入れた。

城主不在の岡崎城を守る気になったようだ。


元康は僅かな供回りを連れ、指定された池鯉鮒の料理屋へとやって来た。そこは、遊郭であった。

信元が待つ奥座敷へと案内される。

元康は数正のみを従え、遊郭内には十人ばかりの手練（てだ）れの者を潜ませた。

座敷に入ると信元は一人であった。

「元康殿、よう参（まい）られた」

信元は満面の笑みで元康を迎えた。

　面長の顔に於大の面影を探ったが、似ているとも似ていないとも判断がつかない。焦げ茶色の小袖に身を包んだ身体（からだ）はがっしりとしている。いかにも歴戦の戦国武者といった風貌であった。

　元康は慇懃（いんぎん）に頭を下げる。

　数正は座敷の隅に控えた。

「まずは、一献」

　信元は酒の入った瓶子（へいじ）を持ち上げた。

　既に食膳と酒が用意されている。鯉（こい）の洗いと雉（きじ）焼、煮鮑（にあわび）が並んでいた。

　杯を取り、元康は信元の酌を受ける。

「大高城での働き、見事なものでしたな」

　信元は桶狭間合戦における元康の奮戦ぶりを賞賛した。元康は運が良かっただけだと謙遜した。

「信長殿もな、元康殿の戦上手ぶりを高く買っておられる。味方にしたら頼もしい、とお考えなのだ」

　信元は本題に入った。

「それは、痛み入ります」

　軽く頭を下げ、元康は無難に返した。

「於大もそなたを気遣っておる。岡崎城に戻り、三河一国の領主として生き抜いてゆくにには味方を作らねばならない、とな。一人、元康殿だけでは、いくら戦上手であっても於大は心配なのだ」

母を持ち出し、信元は説得にかかった。

「それゆえ、信長殿と盟約を結べと、伯父上もお勧めになるのですな」

元康は今川を寝返り、信長と結ぶ利点を問いかけた。

「信長殿は旭日昇天（きょくじつしょうてん）の勢い、まさしく雲を摑（つか）む龍（りゅう）じゃ。尾張の国主で留（とど）まるお方ではないぞ。今は美濃に目を向けておられる」

信元が返すと、

「美濃を攻め取る、とおっしゃりたいのですか」

元康は返した。

「美濃は当然、しかし、それだけではない」

信元はにんまりとした。

「上洛をお考えなのですか」

横目で数正を見た。数正は無表情で座している。

「いかにも」

信元は認めた。

「大した志ですな」

今川の御所さまでも無理だったではないか、と内心で悪態をついた。

「元康殿、信長殿と共に上洛を遂げられよ。共に天下を取るのだ」

信元の大言壮語を元康は聞き流し、

「盟約と申されるが、それは対等ということですな。松平家と織田家に上下の関係はない、お互いが助け合う、他国から攻め込まれたら援軍を出し合う、と解釈してよろしいのですな」

と、確認した。

「その通りでござる」

信元は即答した。

「もし、織田と盟約を結ぶとしましたら、今川と手切れとなります。義元公を失ったとはいえ、今川は松平家に比べたら強大でござります。今川勢が三河に攻め込んだなら、その時は、織田家は援軍を出してくださるのですな」

くどいと思ったが元康は念押しをした。

「それが盟約関係と申すもの」

信元は語調を強めた。

元康は続ける。

「今川は武田、北条と盟約を結んでおります。北条はともかく、武田が今川の要請で共に三河に攻め込むかもしれませぬ。武田に対しても援軍を送ってくださるのですな」

「そうした細々としたことは後日詰めればよろしかろう」

信元は苛立ちを示した。

「武田への備えは細々としたことではありませぬぞ」

元康も語気を荒らげた。

「ならば、信長殿に聞かれよ」

やおら、信元は立ち上がり、奥の襖を開けた。

「ああっ……」

元康は驚きの声を上げた。

二

「竹千代、しばらくじゃのう」

全裸の男が仁王立ちをしていた。

背は高くはないが分厚い胸板に引き締まった胴回り、浅黒く日焼けした精悍な顔つきはまごうかたなき織田信長である。織田の人質であった頃以来の再会、十三、四年ぶりだ。

餓鬼大将であった信長は逞しい若武者に成長していた。全身に残る傷跡が歴戦の勇者ぶりを如実に物語ってもいる。

あのころと変わらないのは、冷酷さをたたえる薄い唇と眉間に差す憂鬱そうな影だ。

信長の股間は誇らしげに一物が屹立していた。

負けた……。

元康は自分の陽物を触ろうとして止めた。

部屋には遊女が五人、しとねに寝そべっている。全裸の者、半裸の者、長襦袢をまとっている者、みな、息も絶え絶えの忘我の表情を浮かべていた。

信長は下帯を身に着け、素早く湯帷子を身に着けた。続いて元康と信元の部屋に入って来てどっかとあぐらをかき、

「酒じゃ」

と、大杯を差し出した。

元康は反射的に受け取り、杯を飲み干した。数正が襖を閉め、しどけない姿の女たちを隠した。

しばし、信長は昔話をした後、居住まいを正し、

「元康殿、手を携えましょうぞ」

と、語りかけてきた。

信長に呑まれるように、

「よろしくお願い致します」

元康は頭を下げてしまった。

「うむ、よかろう。盟約締結の時と場所は……」

信長は数正に視線を向けた。

「石川数正と申します」

数正が名乗ると、

「そなたとわが家来を取次とし、盟約の話を詰めようぞ」

滝川一益を織田家の担当とする、と信長は言い添えた。

これで、元康は後戻りができなくなった。たとえ、織田との盟約を進めなかったとしても、元康に対する今川の疑心暗鬼は去らない。水野信元を介し、信長と会ったことは今川に漏れるだろう。

いや、信長か信元から氏真の耳に入るように流されるのではないか。

当然、氏真は元康が裏切った、と考える。

信長と手を結ぶ以外に選択肢はなくなってしまった。腹を括り、信長の後ろ盾を得て、今川と戦うしかない。

最早、逃れられない。

となれば、瀬名は、竹千代と亀姫は……

気位が高い瀬名ではあったが、決して嫌いではなかった。むしろ、憧れであり、妻に迎えた時は天にも昇る気持ちで、世話をしてくれた義元に深く感謝した。

信長は元康の表情が沈んだのに気が付いたようだ。

「そなた、今川から織田に寝返ること、後ろめたさを感じておるのか。それならば、そんなものは捨てることだ。戦国の世にあって、生き残ることへの強い気持ちが城主たる者の根っこになくてはならぬ。今川は滅びに向かう。今川と共に滅ぶわけにはゆくまい」

信長らしい明快な口調で諭した。

「おっしゃること、よくわかります」

家康は首肯した。

「ならば、暗い顔はよせ。それより、そなた、子供は何人おる」

問いかけてから信長は、

「ああ、そうであったな。妻子は駿府に残しておるのだな。確か妻は今川義元の姪とか……子は何人だ」

舌鋒(ぜっぽう)鋭く問うてきた。

「子は二人、男児と姫です」

元康は答えた。

「であるか……」

と、信長は首を傾(かし)げた後、

「今川と縁を切るのだ。妻子とも別れるのだな。新たに妻を迎え、側室も置け。沢山、子供を作るのだ。男ができれば、御家の助けとなる。女であれば他家へ嫁がせ、盟約や和睦の要(かなめ)にできる。いずれにしても御家の繁栄に子は欠かせぬぞ」

からっと言ってのけた。

信長自身は斎藤道三の娘、帰蝶(きちょう)を正室に迎えたが、道三が討死を遂げると離縁し、斎藤家に帰した。帰蝶との間に子供ができなかったのも離縁の動機のようだ。

しかし、信長のように割り切れない。

瀬名も子らのことも片時も忘れてはいないのだ。

「織田と盟約を結ぶと、氏真は妻子に手をかけると思うか」

信長の問いかけに明白に答えられない。

「どうしても気になるのなら、奥方に離縁状を出せ。さすれば、氏真も奥方の命までは奪うまい。奥方は氏真とは従兄妹（いとこ）なのだろう。親しく言葉も交わしておったはずじゃ。男の子はわからぬがな。姫にも手をかけることはない。奥方は義元の血筋、見目麗しき女であろう。だとすれば、氏真は奥方を生かしておき、然（しか）るべき者に再嫁（さいか）させるであろう」

信長の見通しが正しいかどうかはわからない。

「考えてみます」

元康は答えた。

「ならば、また会おうぞ」

信長は立ち去った。

疾風のようであった。

織田と同盟を結ぶ、この道が正しいのかどうかはわからない。いや、正しいと信じて進むしかないのだ。

信長という嵐のような男に巻き込まれ、戦国の世を進むことになった。

「殿、奥方さまと竹千代君、亀姫さま、無事に岡崎にお迎えを致します」

数正の気持ちはうれしいが気休めにしかならない。そんなことができるとは思えない。信長のように割り切れないが、瀬名と子供たちのことは諦めなければならないだろう。

元康の胸に季節外れの木枯らしが吹き抜けてゆく。

岡崎城に戻り、一人書院に籠った。

漢籍を紐解く。しばし、書に没頭しようと目を凝らす。しかし、字面は追っているが内容はまるで入ってこない。

すると、

「失礼致します」

と、女中がお茶を持って来た。

「うむ」

元康は書から顔を上げ、女中の顔を見た。

丸顔の愛嬌のある面もちである。女中は元康と目が合うと、慌てて両手をついた。

元康はお茶を一口含み、

「そなた、見かけぬ顔であるな」

と、声をかけた。

「三日前からご奉公にあがりました」

近在の村の庄屋の娘で咲というそうだ。

「お殿さまのお身の回りのお世話をするよう、酒井さまに言われまして……どうぞ、よろしくお願い致します」

丁寧な話しぶりであるが緊張のせいか、三河訛りが感じられる。元康は三河訛りに馴染む前に国を離れ、尾張の那古野で二年、十一年の長きに亘り駿府で暮らした為、三河弁を話さない。駿府の御所では駿河訛りを話す者はおらず、駿河弁も使わない。

馴染みのない三河訛りだが、お咲の口から聞いてみると、何とも言えぬ親しみを覚える。これが地縁というものであろうか。

「うむ、頼むぞ」

元康は声をかけた。

お咲は満面の笑みで再び平伏すると、書院を出て行った。瀬名にはない素朴な魅力を感じた。

「お咲か」

独り言を呟き、元康は漢籍に向かった。

今度はお咲の顔がちらつき、書物に集中できなかった。

数日後、元康は東三河における今川の拠点、牛久保城を攻め立てた。今川と敵対することを宣言したのも同然である。

合戦の傍ら、織田との盟約の話し合いを続けた。松平家は石川数正、織田家は滝川一益が取次となって交渉が重ねられ、盟約締結の日時と場所も決まった。永禄五年（1562）の正月二十日、場所は清洲城である。

清洲城まで出向くのは織田家が上位だと認めるようなものだ、という不満の声もあったが、

「信長殿は年長なのじゃ。わしが出向くのが長幼の序というものぞ」

という元康の言葉で清洲での盟約締結が予定された。

決断をしてみると元康は気が晴れた。

馴染んだお咲とのやり取りも楽しい。

そんなある日、元康はお茶を飲もうとしてうっかりこぼしてしまった。

すぐにお咲が手巾（しゅきん）で元康の袴（はかま）を拭いた。

その手を元康は摑んだ。一瞬、お咲は手を引っ込めようとした。しかし、元康は更に強く握ると抱き寄せた。

「いけませぬ」

小さな声でお咲は抗った。

肩が小刻みに震え、やや太り肉（じし）の身体が心地（ここち）よい。

元康は男の本能の赴くに任せた。

長年に亘る念願を叶(かな)えよう。

元康はお咲を組み敷いた。お咲は抗わず、元康に身を委ねた。両目を固く瞑(つぶ)っているが、口は半開きであった。

小袖の胸をはだける。

想像していた通りの豊満な身体であった。

「お咲、まいるぞ」

元康は断りを入れた。

「殿さま……」

小さな声でお咲は呟いた。

半開きとなった唇が妖しく蠢(うごめ)く。元康は唇を重ねるや舌を入れた。お咲の舌とぶつかり、咄嗟(とっさ)にお咲は舌を引っ込めた。元康はお咲の舌を歯で挟んだ。目を閉じたままお咲は抗うように小さく首を左右に振ったが、構わず元康は挟んだ舌を啜(すす)り上げる。更にはお咲の口から溢(あふ)れる涎(よだれ)ごと元康は貪った。

陰茎が怒張し袴が窮屈になった。

元康は立ち上がるともどかしげに着物を脱ぎ捨てた。下帯が大きく尖(とが)り、お咲を見下ろしている。

「これじゃ……」

女を征服するぞという意気込みで全身に血潮が巡った。馬で戦場を疾駆するような高揚感に包まれる。元康は下帯を取り去ると、業刀と化した己が一物を武器にお咲に覆い被さった。

「優しゅう……優しゅう……」

両目を閉じたままお咲は祈るように言葉を繰り返した。元康はうなずくと、長襦袢を脱がせた。全裸のお咲は浅黒い肌だが、胸といい下腹といい、尻といい、つきたての餅のように柔らかだ。

豊かな乳房の先端にはやや黒ずんだ小さな乳輪が花を咲かせている。乳首は乳輪に埋もれていた。股間はうら若き乙女には不似合いな剛毛がびっしりと生えそろっていた。

元康は乳輪を口に含み、乳首を吸い出そうとした。

「あ、ああっ……」

密やかな喘ぎ声が聞こえた。

化粧気のない生まれたままの雌の匂いが香り立った。舌で乳首を転がしながら元康はお咲の顔を見上げた。

お咲は目ばかりか口も固く閉じ、元康に身を委ねていた。そんなお咲が堪らなく愛おしい。

「行くぞ……」

元康は囁き、お咲の股を開かせた……

永禄五年（1562）二月、信長との盟約が成り、元康は三河全土を支配下に治めようと充実の日々を送っている。お咲との仲も睦まじく、城内では二人の仲は公然の秘密であった。奥女中の身分ではあるが、女中の仕事をやることはなく、奥向きに居室を与えられた。

今のところ側室扱いにはしていないが、元康は遠からずお咲を側室にしようと考えている。

日々入ってくる報告によると、氏真は今川を裏切った者たちの人質を次々と処刑しているとか。

近々にも瀬名と子らが殺されるのではないか。元康とて気が気ではない。やはり、血を分けたわが子、自分を男にしてくれた妻は愛おしい。

無事であって欲しいと願う気持ちは日増しに強くなる。舅関口親永とは文でやり取りをしている。信長に勧められたように瀬名への離縁状を書いた。それに対する瀬名の返事はない。関口は氏真に取り成し、瀬名と子供たちの無事をどうにか守ってくれている。一方で関口から届く書状を読むのが辛い。

関口は元康に駿府へ戻ることを求めてくる。今川の武将として氏真さまを支えるのが亡き義元公への御恩に報いることだ、岡崎城に帰った元康を恩知らず、と批難していた。

それが、信長と盟約を結んだと知るに及び、関口の怒りは頂点に達した。元康の不義理を罵倒し、瀬名と子供たちを見殺しにする悪鬼の如き男だと、あらん限りの罵詈雑言が並べられるようになった。

さすがに堪えた。

舅の一言一言が胸に響く。

文を火鉢にくべ、燃え上がるのをぼんやりと眺めた。

燃える文が瀬名や子供たちに見える。

「許せ……」

元康は呟いた。

そこへ、お咲がやって来た。事情を知らないお咲はいつもの天真爛漫な笑顔で家康の側に座す。

「咲がおってはお邪魔ですか」

元康の表情が強張っているのに気づき、お咲は遠慮しようとした。

「いや、構わぬ……むしろ、ここにおれ」

元康はお咲を抱き寄せた。

「いけませぬ、まだ、日が高こうございます」

お咲は小さな声で抗った。

「構わぬ」

家康はお咲に圧し掛かった。

「殿……」

ふと、お咲は真顔になった。何かを訴えるかのような憂いを含んだ瞳となっている。家康は上半身を起こし、お咲も半身を起こす。

「何じゃ」

「わたしはどうすればよいのでしょう」

お咲は困惑している。

「どうすればとは」

元康も首を捻った。

「殿さまは、奥方さまがおられます。お子さまもおられると聞きました」

「駿府じゃ」

元康は言った。

「駿府からこの御城に入られるのではないですか。奥方さまは大変に怖いお方だと聞きました。咲は奥方さまに……命を……命を奪われないまでも、この御城から追い出されます」

お咲は目を伏せた。

「心配致すな、そなたが困るようなことにはならぬ」

「でも、奥方さまは」

お咲の心配は去らない。

さすがに、瀬名も子どもたちも氏真に殺されるから安心せよとは言えない。

「そなたを側室とする。奥にはちゃんと話をする。よって、安堵(あんど)致せ」

元康が約束をすると、

「本当でございますね」

お咲はすがるような目を向けてきた。

「ああ、わしを信ぜよ」

元康は微笑(ほほえ)んだ。

お咲の表情が和らぐ。

そうだ、お咲に子が宿れば堂々と側室にできる。瀬名と子供たちを失うとなれば尚更(なおさら)だ。

すると、

「殿、よろしいですか」

と、襖越しに数正から声がかかった。

お咲は身繕いをして、部屋の隅に控えた。

入って来た数正はお咲に気づいた。お咲は出て行こうとしたが、元康が引き留めた。

お咲との時間を奪われ元康はむっとする。

「どうした」

不機嫌さを隠せずにいる元康に対し数正の表情は明るい。いつも気難しい顔をしている数正には珍しいことだ。

「服部半蔵(はっとりはんぞう)が手勢を率いて鵜殿長照の居城に侵入、息子二人をさらって参りました。その際、小競り合いとなり、長照殿は討死を遂げました」

鵜殿長照は桶狭間の合戦の際に大高城を守っていた。元康が兵糧を運び込んで喜んだものである。今川勢敗走と共に、大高城を出て、居城である三河の宝飯(ほい)郡上ノ(かみの)郷(ごう)城に戻った。

長照は今川の一門衆であった為、いずれ攻めねばならない敵であった。

服部半蔵正成(まさなり)は忍び組を束ねている。父保長(やすなが)は伊賀(いが)の土豪であった。狭い伊賀で数多の土豪が割拠する暮らしが不自由となって上洛した際、三河平定を報告する為に将軍に謁見した元康の祖父清康と知り合った。清康に気に入られ、召し抱えられると同時に三河に居住する。

半蔵正成は父譲りの忍びの技も持っているが鑓の使い手でもあり、旗本先手衆として武功を重ねている。

「それで」

元康は先を促した。

「二人の息子、氏長、氏次と奥方さまと竹千代さま、亀姫さまと人質の交換を行います」

数正の考えを聞き、

「そんなことができるのか」

半信半疑で元康は身を乗り出した。

「この数正、これより駿府に赴き、人質交換の交渉をしてまいります」

「そうか、よし、頼む」

ともかく、元康は数正を頼った。

ふと火鉢に目を見やった。燃え尽きた文に瀬名と子供らの命を重ねたが、光明が差したのである。氏真が人質交換に応じるかどうかはわからない。しかし、瀬名と竹千代、亀姫を迎えられる期待が生じたのだ。

元康の目に火鉢の向こうで不安そうな目をしているお咲がぼんやりと映った。

三

二月二十日、瀬名と竹千代、亀姫が岡崎にやって来た。

元康は今か今かと待ちかねた。

子供たちの顔を見たい。この日が来るのを半ば諦めていたが、実現するとなると現金なもので待ち焦がれているのだ。

しかし、瀬名はどうだろう。

元康とどんな顔を合わせるのだろう。

元康がしたことは今川と共に瀬名への裏切りである。今川から織田に寝返った。信長は瀬名にとっては伯父義元の仇、その信長と手を組み、三河国内にある今川方の城や砦を攻め取っているのだ。

瀬名と子供たちが命を奪われてもおかしくはない状況に追いやったのである。元康の非人情を瀬名は憤激しても当然なのだった。

どんな罵倒、誹謗(ひぼう)中傷を浴びせられようが、甘んじて受けなければならない。辛いが逃げてはならない。

すると、瀬名の一行は岡崎城近くまで来たが、総持尼寺（そうじにじ）に入ったという。駿府からの長旅で疲れたのだろう。

城で待つべきだろう。が、一時経（た）っても動こうとしないそうだ。

元康は瀬名の心中を思った。元康に迎えに来てほしいのだろう。岡崎城も城下も瀬名には馴染みがない。見知らぬ城に入城するのには躊躇（ためら）いがあるのではないか。

元康は総持尼寺へ出向くことにした。

石川数正を従え、総持尼寺にやって来た。瀬名一行は境内の築山近くに構えられた庫裏（くり）にいるそうだ。

元康は数正と共に庫裏の廊下を進む。瀬名たちが休む部屋の前に到ると心臓が高鳴った。子供たちの声が聞こえる。竹千代と亀姫に違いない。竹千代は数え四歳、亀姫は三歳、滑らかに言葉を交わせるまでには到らなくとも元康を父親として認識できる年頃だ。

元康はごほんと空咳（からせき）をした。

声が止んだ。

「入るぞ」

声をかけてから障子を開け部屋に足を踏み入れた。数正は廊下で控えた。

下座に瀬名と竹千代、亀姫は並んで座っていた。瀬名が両手をつき、子供たちも母親に倣って平伏する。

「しばらくであったな」

元康は面を上げるよう言った。

瀬名はゆっくりと顔を上げた。

伏し目がちで、元康と視線を合わせようとしない。

頬がこけ、目の周りが落ち窪(くぼ)んでいる。桶狭間の合戦に出陣以来、一年と九カ月ぶりだが、随分と歳(とし)を取ったように見えた。瀬名をやつれさせたのは誰であろう自分である。

それにもかかわらず、

「瀬名、達者そうではないか」

というわざとらしい言葉をかけてしまった。

瀬名は薄笑いを浮かべ、

「よくも、そのような言葉を」

腹の底から声を絞り出した。

その一言で元康への気持ちがわかった。

「あ、いや、許せ。つい、間違ってしまった。ずいぶんと苦労をかけたようじゃ。まこと、よう耐えてくれたのう」

慌てて元康は取り繕った。

瀬名は押し黙った。

居たたまれない気持ちのまま竹千代と亀姫に視線を移した。

「竹千代、大きゅうなったのう。おお、亀姫か。さあ、近こう」

元康は両手を広げた。

しかし、竹千代も亀姫も元康を見つめるだけで動こうとしない。無理もない。見ず知らずの男から父親だと言われても戸惑うばかりだろう。

部屋の中には重苦しい空気が漂った。

元康は沈黙に耐えられず笑顔を作った。

「そろそろ、城へまいろう」

元康が誘うと、

「わたくしは御城には参りませぬ」

耳を疑うような言葉を瀬名は返した。咄嗟に言葉を返せなかったが、瀬名の気持ちを慮るように理解を示した。

「……ああ、そうか。今日はここでゆるりとしたいのだな。無理もない。駿府からの長旅じゃ。疲れたであろう。腹は空いておらぬか」

元康は気遣ったが、

「明日以降もわたくしはここにおります。竹千代と亀姫と一緒にここで暮らします」

平然と瀬名は言った。

元康への恨みの深さはわかるが、いかにも大人気ない。

「そなたは城主の正室、北の方ではないか。竹千代は嫡男じゃ。亀も侍女にかしずかれた方がよい。城に入らないでどうする」

元康は困惑を示した。

それでも、

「御城には入りませぬ」

瀬名は冷たく言い放った。

「何故じゃ……そなたがわしを憎むのはわかる。悪かったと思う、じゃが自分の立場を考えてくれ。竹千代や亀の為にもならぬ。竹千代は岡崎の城主として育まねばならぬ。学問や武芸の修練を積むには城内がよい。亀とて然るべき武将に嫁ぐ身じゃ。武家の妻女としての礼儀作法を身に着けねばならぬぞ」

動揺を押さえ、元康は諭した。

「学問や礼儀作法はわたくしが教えます。不足な点は御住職や学者を招きます。武芸は指南役を遣わしてください。和歌や茶の湯は義元公より御指南頂いておりますゆえ、わたくしが教えます」

けんもほろろに瀬名は返した。

竹千代と亀姫は不安そうな目で元康と瀬名を見比べている。すると瀬名が元康には見せない柔らかな笑顔で、

「お庭で遊んでいらっしゃい」

と、二人の頭を撫(な)で廊下で控える侍女に声をかけた。竹千代と亀姫は部屋から出ていった。

元康の胸に緊張が走る。

「すまぬ、そなたらを見捨てた。仕方がなかったのじゃ。いや、そなたからすれば言い訳に過ぎぬな。わしは、そなたらを見殺しにしようとしたのだからな。そのことはいくら罵声を浴びせられてもやむをえざる仕儀じゃ」

後ろめたさから早口になり、首筋を嫌な汗が滴(したた)った。

「殿の不人情は、わたくしたちを見捨てたことだけなのですか」

瀬名は責めるような目で元康を見る。

「むろん、御所さまが亡くなり、今川を裏切る形になってしまったことも詫(わ)びねばならぬ」

　元康は頭を垂れた。

「裏切る形ですと。言葉で胡麻化(ごまか)さないでください。形ではなく裏切ったのです。元康殿は義元公の仇である信長に従ったではありませぬか。信長の配下に成り下がったのです」

　声こそ大きくはないが、瀬名の言葉は激しさを増した。

「配下ではない。対等な盟約関係を結んだ。義元公が武田信玄、北条氏康と結んだようにな」

　元康は抗った。

「信長のような出来星(できぼし)大名と義元公を比べないでください。それで……ご自分はいっぱしの城主気取りで、側女(そばめ)なども置いておられるのですか」

　瀬名の目がきらりと光った。

　そうか、何のかんのと駄々をこねているが、本音はお咲への嫉妬なのだ。瀬名はお咲の存在を知ったのだろう。気位の高い瀬名は領民の娘であるお咲とは同じ城で暮らしたくはないに違いない。

「いや、お咲は側女ではない。身の回りの世話をさせておるだけじゃ」

慌てて否定すると、

「また、取り繕うのですか」

瀬名は失笑を漏らした。高い鼻が微妙に膨らんだ。

「いや、その、なんだ……お咲には暇を出す。だから、城に入ってくれ」

元康は頼んだ。

「暇を出そうが出すまいが、殿のお好きになさればよい。わたくしは、ここにおります」

瀬名は拒絶した。

「なあ、頼む。こうして親子再会できたではないか。共に岡崎城で暮らそう。竹千代も亀姫もそれを望んでおるはずじゃ」

元康は説得しようと試みた。

「父親のおつもりですか」

ぞっとするような一言である。

が、ここでひるんではならない。

「これまで父親らしいことはしてやれなんだ。だから、これまでの分まで父親として竹千代と亀姫に慈愛を以て育ててやりたいのだ。不自由をかけた償いをしたい」

切々と元康は訴えた。

「よくも抜け抜けと。要するに殿は世間体を考えておられるのでしょう。三河を統(す)べる岡崎城主の奥方と子が城には入らず、寺で暮らしては奇異な目で見られますからな。それに、信長の耳に入るのも恐れておられるのではござりませぬか。元康は妻子も意のままにできぬか、と信長に蔑まれるかもしれませぬな」

思いのたけを語ると、瀬名は立ち上がった。

唖然(あぜん)としながら元康が見上げると瀬名は打掛を脱ぎ捨てた。次いで帯を解き、小袖も取り去り、あられもない長襦袢姿となった。

戸惑う元康の前に立ち、瀬名は長襦袢の襟を開いた。

懐かしい裸身が元康の眼前に現れる。子を産み、やや下腹の線が崩れてはいるが、鮮やかなくびれである。乳首が黒ずみ、大きくなっているのは二人の子を産んだ証(あかし)であった。

瀬名は元康に圧し掛かった。

元康は抗うことはできない。

「わたくしと百姓女を比べるのですか」

元康の両の福耳を手で掴(つか)み、瀬名は顔を揺さぶった。

「いや、そんな……」

ぼそぼそと呟いた元康の口を瀬名の唇が塞いだ。ぬるりとした舌が口中に侵入する。駿府の頃の営みが蘇った。久しぶりの騎乗位に元康は欲情した。思わず、両手で瀬名の乳房をわし摑みにした。

「もっと、強く」

瀬名に言われるまま元康は両手に力を込める。

「もっと激しく」

瀬名の声も高まった。

元康は乳房にむしゃぶりついた。硬く尖った乳輪から溢れる乳が口中に流れ込む。記憶にないはずの赤子の頃を思い出した。於大の乳を夢中で吸う竹千代……いや、於大の乳で育てられたのではなく乳母であろう。

しかし、瀬名の乳に母親を感じてしまう。

乳を吸いながら瀬名の頸木から逃れられないのかもしれない我が身を思った。

四

結局、瀬名と竹千代、亀姫は総持尼寺の庫裏から岡崎城には入城しなかった。元康は瀬名の機嫌が直るまで、好きにさせることにした。

城内本丸御殿の奥書院に元康はお咲を呼んだ。お咲は不安そうな顔をしている。

「お咲、すまぬ」

前置きもなく元康は詫びた。

お咲は目を伏せ、顔を上げることができない。

「そなたも耳にしたように、奥が戻ってきた。まさかであった」

言い訳めいた言葉を並べようとしたところで、

「お殿さまは奥方さまがお戻りになられても咲をこのお城に置いてくださる、とおっしゃいました」

お咲にしてはきっぱりとした物言いである。非は自分にあるだけに胸に堪える。

「すまぬ」

瀬名と同じく、詫びてばかりだ。

無様（ぶざま）なものである。城主の姿ではない。側室一人満足に置けないばかりか、側室に望んだ女との約束も叶えられないのだ。これで、信長と対等の盟約関係などと言えるのか。

信長は正室だろうが側室だろうが誰憚（はばか）ることなく好き放題に置いている。自分は正室にも側室にも頭が上がらない。

信長との違いは何だ。

瀬名を妻に迎えたことだろう。今川義元の姪、年上という瀬名と今川の人質として暮らしていた境遇に起因する。瀬名の顔色を窺い、男女の営みも瀬名任せだ。

「そうじゃ、初夜に間違えたのじゃ」

初夜、元康は枕絵で侍女から教わった床入りをしようとしたが瀬名に拒絶された。瀬名は自分に任せろ、とばかりに元康を主導した。何事も最初が肝心である。あの夜以来、寝屋ばかりか日常の暮らしも瀬名任せとなってしまったのだ。

このままでいいはずはない。

どうすればいい……。

決まっている。瀬名を組み敷き、正常位で情交を遂げればよいのだ。

よし、そうしよう。

きっと、瀬名への劣等意識を克服できる。

思案を巡らす余り言葉を返せないでいると、

「よろしゅうございます。咲はお殿さまを苦しめたくはありません」

お咲は言った。

元康はお咲を見返す。

「ご心配には及びません。咲は暇を頂き、家に戻ります。酒井さまから、心付けも頂戴しました」

元康を気遣ってかお咲は笑顔を浮かべた。

「そうか、そうか」

安堵と娘一人の望みも叶えられない情けなさが元康の胸に交錯した。お咲は失礼します、と部屋から出ていった。去られると、勝手なもので寂しさがこみ上げる。

いや、寂しさではない。お咲を失う後悔だ。

それが自分の優柔不断さを物語るのだとは嫌でもわかる。

「わしは何をしておるのじゃ」

ごろんと仰向けになる。

天井の節穴を見上げていると様々な考えが去来する。ともかく、これで瀬名と竹千代、亀姫と岡崎城で暮らすことはできるのだ。

すると、小姓がやって来て於大が呼んでいると告げた。於大は夫、久松俊勝や子供たちと一緒に岡崎城に身を寄せている。俊勝は松平家の重臣として家康の相談相手になっていた。

「母上か」

何か嫌な予感がする。

奥向の一室で於大と対面した。

「元康殿、瀬名殿を城に入れてはなりませぬ」

いきなり於大は告げた。

「なぜでございますか。瀬名はわが正室ですぞ。この城の北の方なのです」

元康は抗った。

「離縁状を出したではありませぬか」

「あれは方便です。瀬名の命を救わんとする為の方策でありました」

元康は言い立てた。

「よいですか、瀬名は今川に通じておるのです」

於大は瀬名を呼び捨てにした。

「何をおおせですか。証があるのですか」

元康は憬然とした。

「半蔵から聞きました」

服部半蔵は総持尼寺に今川の密偵が出入りしていることを探り出したのだそうだ。

しかし、そんな重大事、自分の耳には入っていない。

「とにかく、瀬名を城に入れることはなりませぬ」

強い口調で於大は繰り返した。

瀬名が城に入ったら、於大との間で嫁姑（よめしゅうとめ）の確執が生じる。厄介事が増えてしまった。瀬名の機嫌ばかりか於大にも斟酌しなければならないのだ。

女子とは難しい。

元康は戦場を駆け巡りたくなった。思う様、馬を駆り、鑓を振るい、軍勢を動かす。その方が楽ではないが気が晴れる。

「なりませぬぞ」

於大は釘を刺した。

五

瀬名のことを家中ではいつの間にか、「築山殿」と呼ぶようになっている。住まいとしている総持尼寺の庫裏が築山の近くにあるからだ。

服部半蔵に密偵の件を確かめたところ、瀬名が駿府にいた頃に出入りしていた呉服屋や薬屋が総持尼寺に来訪しているということだった。彼らが忍びでも間者でもないことも半蔵は確認していた。

それにもかかわらず於大は今川の密偵だと見なしている。密偵ではないことを承知で騒いでいるのか、本気で疑っているのか、いずれにしても瀬名と同じ城で暮らしたくないのだ。

嫁姑の確執に悩まされながらも、総持尼寺に通う内に竹千代と亀姫はなついてくれるようになったのがうれしい。

ところが、元康は何時に岡崎城に入れとは告げられない。幸か不幸か瀬名の方も入城を拒んだままの為、自分からは切り出さないでいる。

しかし、いつまでもずるずると過ごすわけにはいかない。

「そなたの入城じゃがな」

元康の方から切り出した。

「何度も申しますように、わたくしはここで暮らします。歓迎されないでしょうから、好都合ではありませぬか」

於大が自分を嫌っていることを瀬名は知っているようだ。

「いや、そんなことはない。お咲……身の回りの世話をさせていたお咲は里に帰した。そなたを北の方に迎えるに当たってな、城内を調えておるのじゃ。奥向の修繕も増築も急がせておる」

早口になって元康は言い立てた。

「殿はわかりやすいお方です。嘘を吐くときは、早口になられる。よろしいですか。一つお教えします。嘘を吐く時は、無駄な言葉は省き、ゆっくりと話されるのです」

まるで子供に教え諭すように瀬名は言った。元康は黙って聞く。

「そして、真実の中に一つだけの嘘を潜ませるのです」

瀬名は言った。

元康はうなずき、

「実はな、母が……」

ここまで言ったところで、

「お義母(かあ)さまはわたくしを嫌っておられるのでしょう」

やはり、瀬名は知っていた。

「よくわかったな」

元康は女の勘かと訝しんだ。

「於大さまから書状を頂きました。そこには、わたくしの入城はならない、と記してあったのです」

瀬名は悔しそうに唇を嚙んだ。

於大がやりそうなことだ。元康の優柔不断を見越し、瀬名に来るなと釘を刺したのだろう。

「殿は於大さまの顔を立てなされ」

瀬名は冷たく言い放った。

「母上もそなたや孫の顔を見れば、心変わりするだろう。しばし、時をくれ」

「於大さまは、旦那さまとお子たちを連れて岡崎城に入られたそうですね。わたくしや竹千代、亀姫が邪魔なはずです」

「そんなことはない。そなたはわが正室、竹千代は松平家の嫡男ではないか。松平家はこれから大きくなる」

「大きくとはどういうことですか」

「三河にはまだままだ松平に従わない土豪が多い。それらの土豪どもを従え、三河を一つにまとめあげるのじゃ。わが祖父清康公は三河一国を従えられた。わしも清康公のように三河の国主となる。そなたは奥方としてわしを支えてくれ」

興奮して口調が熱っぽくなった。

早口になってしまったかと懸念した。嘘と取られては心外だ。

対して瀬名は冷めた口調で、

「三河には今川の世話になっておる領主も沢山おります。今川と敵対することを殿はお決めになりました。わたくしもそれは甘んじて受け入れます。しかし、その先はどうなさるのですか。三河の東、遠江にまで攻め込まれるのですか。今川の領国を侵すのですか」

瀬名は畳み込んだ。

「いや、遠江までは考えておらぬ」

「松平家が大きくなるとは三河一国の国主で終わる、ということではないはず」

瀬名に質され、

「信長殿と共に上洛をし、公方さまをお支えするのじゃ」

咄嗟に取り繕うと瀬名は笑い出した。大きな声を上げ、常軌を逸したような有様である。

「黙れ！」

思わず元康は怒声を上げた。

瀬名はきつい目をして、

「信長や殿が上洛なんぞできると本気でお考えなのですか。義元公ですら、夢物語で終わったのです。於大さまにおだてられ、調子づいてしまわれたのではないのですか」

「そんなことはない。母とは政や戦の話などせぬ」

「では、信長に吹き込まれたのですか」

瀬名の目は冷然として元康を射すくめるようだ。

「信長殿からは上洛の際に、手助けすることを求められ、承知した」

「信長が上洛できるのですか。未だ尾張一国の国主に過ぎませぬぞ」

「美濃を奪う」

元康は言った。

「美濃は大国、そうやすやすと奪えるものですか」

瀬名の嘲りは止まらない。

「そなた……」

心が冷えてゆく。全身がぞわりと粟立った。

「わたくしは、ここの居心地がよいのです」

断固として瀬名は言い張った。

「そうか……」

生返事をし、元康は竹千代と亀姫を見やった。ぼんやりとした景色に子供たちが遊んでいる。

果たして自分たちは親子なのだろうか。

まるで親子の絆というものが感じられない。これでいいのか。悪いのは自分だとは思う。恩を受けた今川義元を裏切る所業をしたのは元康だ。

父祖伝来の地に帰る、松平家中も民も元康の帰りを一日千秋の思いで待ち続けている。だから、自分は彼らの思いに応え、私情を捨てて岡崎城に帰った。

それはお為ごかしもいいところだ。

事実は成行きに任せ、落ち武者狩りを避けようと今川勢が出て行き、もぬけの殻となった岡崎城に逃げ込んだに過ぎない。それからずるずると居座り、信長に従った方が得だと考えて盟約を結び三河の平定に勤しんでいる。瀬名と竹千代、お亀のことは常に脳裏にあった。三人の命を危険にさらしても今川との手切れを選んだのだ。

元康の優柔不断であろう。

成行きで入城した岡崎城であったが確かに入城した時に強烈な松平の血を感じたのだ。使命感といってもいい。祖父清康が成し遂げた三河の統一、今川にも織田にも属さない独立独歩の三河にしたい。

そう強く決意したのは事実なのだ。

言い訳ではなく、これは使命で、やり遂げねばならないことだ。その為には犠牲を払わねばならない。犠牲が瀬名と竹千代、亀であっていいわけはないのだが……

「瀬名、ここで暮らせ」

元康は腰を上げた。

「ありがとうございます」

感情の籠らない表情と声音で瀬名は返答した。

「ならば、これでな。なに、これが別れではない。わしは折をみて、訪ねる」

元康が去ろうとすると、

「殿」

瀬名は呼び止めた。

「何じゃ」

元康は振り返った。

「側女は持たないでください」

唐突に瀬名は頼んだ。

「そなたの指図は受けたくはないな」

感情を押し殺して返した。

「情欲を我慢できないのであれば、遊び女(め)を相手になされ。しかし、側女を置いてはなりませぬ。側女に男子が生まれたなら家督争いになります。松平家の家督は竹千代が継ぐのです。竹千代を脅かす者が生まれてはならないのです」

瀬名は厳しく言い放った。

「わしが竹千代を嫡男と定め、家督を譲ると決めたのだ。他人に口を挟まれることはない」

元康は念押しをした。

「どうだか……殿の優柔不断は今に始まったわけではないですから。とにかく、竹千代が家督を継ぐまで、側室は持たないでください。今川を裏切り、わたくしたちを見殺しにしようとなさった殿のそれがせめてもの罪滅ぼしとお考えください」

すぐには返事ができない。

「早く側女を持ちたければ早く隠居をなさりませ」

自分本位なことを瀬名は当然のように言った。

「戦国の世じゃぞ。国を保つ力が身に着くまで家督を譲るわけにはいかない。それは、松平家中にとっても領民にとっても大事なことじゃ」

「竹千代は若くして立派な国主となります」

「そう期待する」

「間違いありませぬ。竹千代は聡明な子ですから」

自信満々に瀬名は断じた。

自分の腹を痛めたわが子であればこその気持ちであろう。

「お約束くだされ」

瀬名はくどい。

約束しなければ帰してくれそうにない。

「誓約書を書けと申すか」

元康は言った。

「誓約書など不要です。どうせ紙切れに過ぎませぬ。血判を捺そうと破る時は破る、ですから、わたくしに向かってはっきりとお約束ください」

瀬名の意図が読めず、言葉を返せない。

「さあ、約束してくだされ」

瀬名は繰り返した。

意図はわからないが、口約束で瀬名が満足するのなら、と元康は、

「竹千代が元服……」

と、ここまで言った時、

「元服ではありません。家督相続です」

瀬名はぴしゃりと言い直すよう求めた。

すまぬ、と元康は言い間違いを詫びてから、

「竹千代が松平家の家督を相続するまで、わしは岡崎城に側室を置かぬ……」

明瞭な声音で告げてから、

「これでよいか」

と、瀬名に問いかけた。

「いいでしょう。殿は口約束だといざとなったら反故にできる、と思っておられるのでしょう」

瀬名は嫌らしく微笑んだ。

「いや、そんなことはない。綸言汗の如し……わしは皇帝ではないが、発した言葉には責任を持つ」

「その通りです。今、元康殿の口からでた言葉は生涯に亘って殿を縛り続けるのです。約束を違え、側室を置こうとなさっても、あるいは側室を置いた後でも、今日の約束は殿を縛り続けるのです」

全身が粟立った。

そうだ。

今こそ瀬名を組み敷こう。

やおら、瀬名を押し倒した。瀬名はかっと両目を見開き、

「そんな気にはなれませぬ」

と、元康を拒絶した。

元康は無視をし、手で着物の裾を割った。

「おやめください」

口調同様、瀬名の女陰は乾いている。元康は口吸いをしようとしたが瀬名は左右に首を振って受け入れない。

己が珍宝も縮んだままでぴくりとも反応しない。白けた気分に襲われ、元康は半

身を起こした。

瀬名は冷笑を浮かべていた。

六

元康は西三河を平定し、明くる永禄六年（1563）の六月には元康の名を変えた。元は今川義元の、「元」を貰(もら)った名前である。名実ともに今川から独立する為、「元」を返上し、「家康」と名乗った。

更には東三河に点在する今川方の諸城を攻略、桶狭間の合戦から三年で三河一国を平定した。家康は三河を東西に分け、東三河の諸領主は酒井忠次、西三河は石川数正に束ねさせた。この間、一向一揆(いっこういっき)との間に家中を二分する合戦が起きた。家中でも一向宗徒側に味方する者が相次ぐ苦しい戦いではあったが、家康はどうにか平定した。一揆側についた者たちも降(くだ)ってくれれば帰参を許した。

家中が割れずにすんだ。

そして、信長との盟約である。

信長は織田と松平家の絆の証として娘、徳姫(とくひめ)と竹千代の婚約を求めてきた。家康に断る理由はない。

だが、竹千代も徳姫も五歳である。ひとまず婚約をして、祝言は後日という運びとなった。信長は三河以東の安全を確保し、美濃攻めを本格化させた。

信長にとって幸運だったのは、永禄四年、すなわち桶狭間の戦いの翌年に斎藤義龍が急死したことだ。義龍は父殺しの悪評が立っているが美濃の国人領主たちを束ね、強大な武士団を形成していた。義龍の死は美濃にとっての痛手であることは誰の目にも明らかだ。後を継いだ龍興は酒色に溺れていると評判である。

信長は力攻めばかりではなく、美濃の土豪たちの懐柔を進めている。調略の成果は月日を経るごとに顕著に現れ、信長の傘下に加わる美濃の国人領主たちは増える一方であった。

家康の三河平定、信長の美濃併呑が進んだ永禄八年、都で政変が起きた。将軍足利義輝が三好三人衆と松永弾正久秀によって弑逆されたのである。戦国乱世、ここに極まれりの変事であった。

こうした中、永禄九年の十二月、家康は松平姓から、「徳川」に改名した。

永禄十年（1567）、徳姫が岡崎城に輿入れすることになった。まだ九つであるが、これを機に家康は竹千代を元服させることにした。

まずは、母、於大にそのことを報告した。

「母上、竹千代を元服させます」

家康が言うと、

「竹千代はいくつですか」

於大は訝しんだ。

「九つです。いささか若いですが、竹千代はしっかりとしております。一人前の男でございます」

家康は胸を張った。

「それは、築山殿のお望みですか」

顔をしかめ於大は瀬名への不快感を露(あら)わにした。

「瀬名にはこの後、報せます。あくまでわしの考えです」

「そうですか」

心持ち、於大はほっとしたようだ。

「実は信長殿から一字を頂いております」

信長の、「信」を偏諱(へんき)として貰ったことを言い、

「信康(のぶやす)としたいと存じます」

家康が告げると、

「それでよいでしょう。織田家と松平家、いいえ、徳川家の絆となりましょう」

於大は満足そうだ。

家康はうなずき、

「徳姫殿は五月に輿入れします。母上、よろしくご指導くだされ」

家康は慇懃に頼んだ。

於大は思案する風であったが、

「徳姫殿には織田家から大勢の侍女がついてまいりましょう。わたくしがいらぬ世話を焼かぬのがよろしかろうと存じます」

「ですが、祖母として」

「わたくしは久松の家の者です」

於大は都合のいい理屈を持ち出した。

家康は黙ってしまった。

於大は続けた。

「わたくしはこの城を出てゆきます」

「そのようなことをなさらなくとも……」

家康は困惑した。

「信康はこの城に入るのでしょう。いくら何でも、元服した嫡男をいつまでも城の外には置いておけませぬ。瀬名殿も信康殿と共に入城しましょう。瀬名殿、徳姫殿、それにわたくしまでが岡崎城におっては、岡崎城の奥向は混乱致します」

於大は笑みを浮かべた。

「お気遣いありがとうございります」

家康は頭を下げた。

「城は戦場で命を懸けて戦うそなたには安らぎの場でなくてはなりません。城でも女同士の合戦を鎮めねばならないとはあまりに気の毒ですからね」

於大は気遣いを示した。

「かたじけのうございますが、さて、母上、まずは御住まいを」

於大は事もなげに言った。

「実家に戻ります」

それから、

「ところで、そなた、お子はどうするのですか」

一転して於大は険しい顔つきとなった。

「まあ、いずれ」

言葉が曖昧になる。

「男子が信康一人ではあまりにも不安ですよ。もっともっと産まなければ」

「わかっております」

「わかってはおられませんね。今後、瀬名殿に子が授かるのですか」

「いずれは……」

「側女を持ちなされ」

ぴしゃりと於大は言った。

「そうですな」

「瀬名殿が怖いのですか」

於大はきつい目をした。

「いや、そうではなく……」

「瀬名殿を離縁しなさい、とは申しませぬ。しかし、瀬名殿への遠慮で徳川家の繁栄に差し障りがあってはならないのです」

於大の言い方は毅然(きぜん)としている。

「そのようなことはありません」

家康は抗ったが、

「側女を置くのは瀬名殿と今川からの真の独立となるのです」

「よくわかります」

家康は瀬名との約束が思い出される、ここで告げては、於大の怒りを買うだけだ。

「頼みますよ」

於大は釘を刺した。

「そうですな、誰か、よき女子がおれば」

家康は笑ってごまかした。

「それなら」

於大は思わせぶりな笑みを浮かべた。

七

永禄十年の五月、信康と徳姫の婚礼が執り行われた。数え九歳の花婿、花嫁である。華麗なる新郎新婦というよりは、雛人形のような二人であった。

本丸御殿の大広間では松平家の重臣たちの他、織田家から宿老の林秀貞、佐久間信盛、侍大将の柴田勝家、丹羽長秀、足軽大将の滝川一益、木下藤吉郎が出席した。みなそろって、烏帽子を被り、大紋直垂に身を包んでいる。

於大は信康の世話を焼き、

「凛々しい武者だこと、家康殿の幼き頃を思い出しますよ」

などと、上機嫌に侍女たちに語っていた。

家康は内心で白けていた。

家康が数え三歳の時、於大は兄水野信元が織田に寝返った為に、夫広忠から離縁され岡崎城を去ったのである。再会したのは桶狭間の合戦の直後、十六年ぶりであった。少年の頃の家康を知るはずはない。

家康は母の言動を苦々しい気持ちで聞いていた。

瀬名は姿を現さなかった。

信長の娘との婚礼には出席したくなかったばかりか、於大の存在も嫌なのだろう。於大は婚礼の後、岡崎城を出てゆく。瀬名は於大がいなくなってから岡崎城に入るつもりだろう。

祝宴となり、家康のところには次々と織田家の重臣たちが挨拶に訪れ、祝いの言葉を述べる。

信長は上洛の機会を窺っているそうだ。

現実問題、美濃の土豪たちはほとんどが信長に従う姿勢を取っている。昨年、信長は本拠を清洲から美濃との国境に近い小牧山に移した。城と城下町を築き、重臣たちを呼び寄せ、美濃攻めの本格化を促進した。

美濃の領主たちを信長は力攻めではなく調略によって寝返らせた。調略に最も貢献したのは木下藤吉郎だそうだ。小者（こもの）から昇進し、今では足軽大将の任にあり、婚礼にも出席している。

徳川と織田の盟約交渉を担ったのは石川数正と滝川一益だが、数正は徳川家の譜代重臣であるのに対し、滝川一益は牢人上がりだという。甲賀の忍びであったという噂もある。一益といい藤吉郎といい、信長は働き次第で取り立てている。三河武士団に支えられる自分には出来ない。

すると、藤吉郎が挨拶に来た。

五尺に満たない小柄な身体に猿に似た面相、精々小者頭くらいしか務まりそうもない貧相な男だ。宴では、徳川方の武将と盛んに言葉を交わし、何やら下世話な話題を振りまいて笑いを誘っている。自ら大声で笑い、馴れ馴れしそうに徳川方の者の肩を叩いたりしていた。

織田家の者たちとあまり言葉を交わさないのは、徳川家中との親密さを深める為であろうが、織田家中では浮いているのではないか、と家康は想像した。

特に林、佐久間、柴田、丹羽といった織田家譜代の臣たちとは肌が合わないだろう。同じ卑賤の身から出世した滝川一益は競争相手とお互いを意識しているに違いない。

そんな家康の心中など斟酌することなく、

「徳川さま、まこと、めでたあ祝言だなも」

藤吉郎は露骨な尾張訛りで言い立てた。

大紋直垂がだぶつき、貧弱な身体を際立たせている。

「まこと」

家康は鷹揚（おうよう）に返す。

藤吉郎はべらべらと家康を賞賛する言葉を並べた。家康は適当に相槌（あいづち）を打って聞いてから、

「美濃の土豪どもの調略に木下殿が大きな働きをなさったとか」

と、話題を美濃攻めに向けた。

「いやあ、美濃は一徹者が多ござってな。中々、首を縦に振らん者もおりましたが、ほんでもたわけではにゃあですわ。世の中が殿さまの味方についた方が得だという流れになっとるのはわかりますでな」

藤吉郎は身振り手振りで語った。陽気で明瞭な語り口は、確かに聞く者を引き込むだけの話術だ。

「あとは、稲葉山（いなばやま）城を落とすだけですわ」

いかにも容易そうに藤吉郎は言った。

「稲葉山城は難攻不落ですぞ」

さすがに調略では落とせまいと家康は言葉の裏に込めた。藤吉郎は涼しい顔で、

「殿さまは兵糧攻めにもなさりませんわ。疾風のように囲み、一気呵成に攻め立て

て城も城下も焼き尽くすおつもりですわ」

藤吉郎は見立てた。

信長ならやりそうだ。いや、むしろ、それが信長らしい。

「稲葉山城と井ノ口の城下町は斎藤道三公以来、大いに栄えておるとか。焼くのは勿体ない気がするが」

家康の問いかけに藤吉郎は待ってましたとばかりに、

「殿さまは本城を稲葉山に移し、井ノ口を新たな城下町にするんですわ」

「ほう……だが、小牧山に本城を移したのは二年前ではないか」

家康は唖然とした。

「美濃が予想より早く掌中に入るということですわ。美濃が手に入ったら、殿さまは武田や上杉、北条と並ぶ大大名にならっせます。ま、予定より美濃取りが早まったのに、わしもお役に立ててうれしいですわ」

藤吉郎の口から自慢するのを聞くと何となく嫌味を感じない。

「信長殿は鉄砲を沢山揃えておられますな。堺から調達なさっておられるのですか」

家康が確かめると、

「そうですわ。堺の商人たちは大したもんですからな。殿さまは親しくしておられます」

と、ここまで答えてから、

「ああ、そうだがや」

と、両手を打ち鳴らし藤吉郎は素襖の袖から小箱を取り出した。

「これ、徳川さまに差し上げようと思って堺で手に入れてきたのですわ」

と、藤吉郎は小箱の蓋を開けた。

米粒程の赤っぽい丸薬が入っていた。藤吉郎は声を潜め、

「明国渡来の秘薬ですわ。子作りにてき面の効能があるそうですぞ。わしは子宝に恵まれんもんで、堺の薬種問屋に頼んで一番利く薬を買い求めたんですわ」

と、にんまりと笑った。

この男はどういう神経をしているのだ、と家康は戸惑った。

「それならば、貴殿が試されよ、高価な薬であったのであろう」

家康が言うと、

「ご懸念には及びませんわ。わしは、ほれ」

今度は左の袖から小箱を取り出した。それは家康に差し出したものの二倍の大きさであった。

「徳川さま、お子さんは信康さまと姫がお一人と聞きました。殿さまからの伝言で

すわ、子作りに励め、と。奥方さまと励むもよし、側室を持たれるのもよし、ですわ」

語ってから藤吉郎は居住まいを正し、深々と頭を下げると去っていった。

「ふん」

何とも奇妙な男だ。ああいう男を重用しているのを見ると信長の懐の深さを感じる。家康は笑みをこぼし、小箱を袖に入れた。

第三章　三方ヶ原の戦い　―側室始め―

一

永禄十一年（1568）の九月、信長は足利義昭を奉じて上洛を遂げた。稲葉山城を落とし、美濃を掌中に収めてから一年後という迅速さだ。

信康と亀姫の婚礼の際、木下藤吉郎が語っていたように、信長は井ノ口を焼き掃い城と城下町を新造した。新造したばかりか本拠を移し、地名までも変えた。信長は、「岐阜」と名付けた。なんでも、唐土の周王朝が岐山に本拠を置いて殷王朝を滅ぼした故事によるそうだ。阜は丘という意味で、信長は周王朝に遠慮して、「岐山」にはせず、敢えて、「岐阜」と名付けたとも聞いた。

家康も信長の上洛軍に援軍を送った。首尾よく信長は義昭を将軍に就けた。義昭は感激の余り、信長を室町幕府最高の役職である管領、もしくは役職にはない副将軍に任じようとしたが信長は受けなかった。代わりに堺と近江(おうみ)の大津(おおつ)、草津(くさつ)に代官を置く許可を得た。

信長は都を中心に畿内を平定、まさしく怒濤(どとう)の勢いである。

信長の成功に刺激を受けないはずはない。

信長が西に向かったのなら東だ、それはとりもなおさず、遠江、すなわち今川領への侵攻を意味する。

衰えたりとはいえ、腐っても鯛(たい)、今川相手に徳川単独では勝ち目がない。ところが時局は家康に有利な方向へと動き出した。今川と盟約関係にあった武田が今川の領国侵攻へと動き出したのだ。武田信玄は家康に使者を送ってきて、今川領を東西から挟み撃ちにしようと持ちかけてきた。

武田勢は甲斐から駿河に侵攻する、徳川勢は三河から遠江に攻め入るのだ。駿河を武田、遠江は徳川が領する。信玄は信長にも接近していた。信玄と今川領を分け合うことは信長も了解している。

今川領への侵攻の準備を整えつつある中、瀬名が家康の書院にやって来た。

断固として反対するだろうと身構えていると、

「遠江への御出陣はいつでござりますか」

瀬名は落ち着いた所作で尋ねた。

「止めにきたのか」

家康は努めて冷静に問うた。

「無駄なお願いは致しませぬ」

意外にも瀬名は止めに来たのではなかった。

家康はうなずいた。

「戦国の世の定め、この世を生き残るのは力でござります」

そう言えば、瀬名とは枕を共にしなくなって久しい。木下藤吉郎から貰った精力剤を服用して何度か情交したが、瀬名に懐妊の兆しは見られなかった。藤吉郎は子が出来たのだろうか。

今川の滅びを避けられないものと、瀬名は受け入れたようだ。

「本日は、殿の戦勝を祈願してまいりましたので」

瀬名は護符を家康の前に置いた。

意外な思いで家康はそれを受け取り、しげしげと眺めた。

「殿、武田になんぞ負けないでください」

瀬名は家康を励ました。

「わかっておる」

答えながらも信玄には到底敵わない、というのが本音だ。

「いけませぬ。そのように自信なさげな態度では。勝てるのも勝てませぬぞ」

今日の瀬名はやけに家康を励ます。

「おいおい、こたびの戦はな、武田が相手ではない。武田と共に今川を攻めるのだ」

家康は微笑(ほほえ)んだ。

「それはそうでしょうが、今川領は早いもの勝ちになるのではありませぬか」

「その辺のところは大丈夫だ。あらかじめ、双方の取り分を決めておる。徳川は遠江、武田は駿河じゃ」

「女子の浅知恵は取り越し苦労というものですね」

瀬名は納得したようだが、

「ですが、武田信玄、油断のならぬ男、くれぐれも出し抜かれぬようになされませ」

と、注意を喚起した。

「うむ、心得た……ところで、そなた、わしが今川家を滅ぼすことになっても不快には思わぬのか」

ふとした疑問が胸に渦巻く。

「先ほども申しましたように、戦国の世の定めだと受け入れました。偉大な義元公の後を継ぎ、氏真殿はさぞやり辛かったと思いますが、力がなければ国を失うのは致し方のないことです。この上はせめて今川の家風、義元公の薫陶を受けた殿が領国を受け継ぐことで今川の誇りを後の世に伝えていただきたいと存じます」

覚悟を決めたとあってか、瀬名は淀みなく語った。

「よくぞ申した。この上はあの世の義元公に蔑まれぬような戦を致す。それが義元公への恩返しじゃ……勝手な理屈だがな」

家康は自嘲気味な笑みを浮かべた。

「いいえ、あの世の義元公もお喜びになると存じます」

瀬名も好意的だ。

「これ、ありがたく受け取っておくぞ」

家康は護符を手に取った。

瀬名は一礼して出ていった。

瀬名は岡崎城で信康と共に暮らすようになり、気持ちが安定してきたようだ。今川の領国を攻め取ることも運命だと受け入れてくれた。今後、瀬名との仲はいい方向に向かうのではないか。

何だか、全身に力が込み上げてきた。

その年の十二月、徳川勢は遠江に侵攻した。武田勢は駿河に攻め入り、駿府を占拠した。北条が盟約に従って助勢したが、結局のところ翌年の五月に今川は滅び、徳川は遠江を得た。

しかし、今川攻めの最中、瀬名が懸念したことが現実となった。一月、武田の武将秋山虎繁（あきやまとらしげ）が信濃から徳川が領国とするはずの遠江に侵攻して、武田とは手切れとなったのだ。武田との関係が悪化したまま家康は遠江を攻め続け、掛川（かけがわ）城を囲んだ。五月、氏真は駿府から掛川城に移っていたからである。

さすがに家康は力攻めにはせず、氏真に助命と引き換えに降（くだ）ることを求めた。氏真は家康の降伏勧告を受け入れた。

ここに栄華を誇った今川は滅んだ。

掛川城が落ち、岡崎に戻った家康は本丸御殿の書院に酒井忠次、石川数正、久松勝俊、平岩親吉（ひらいわちかよし）を集め、今後の展開につき、討議をした。親吉は家康が今川の人質として駿府にいた頃から仕える譜代の臣、しかも同年齢とあって腹蔵ないやり取りができる。元服してからの信康の守役、近習でもあった。

「わしは、曳馬（ひきま）に移ろうと思う」

家康はみなに諮（はか）った。

曳馬は遠江の浜名湖と天竜川の間にあり、今川の城が設けられていた。

「何故ですか」

忠次が問うた。

「三河、遠江を治めるには岡崎は西に過ぎるからのう」

家康が答えると、

「武田への備えにも曳馬に本拠を置かれるのがよろしかろうと存じます」

数正が賛同した。

武田勢が攻め込むとしたら、駿河から西進するか信濃から南進するかだ。いずれにしても、岡崎に本拠を置いたままでは遠江は武田勢の手に落ちてしまう。

忠次が、

「武田が攻め込むという根拠は……武田は当家ばかりか織田とも盟約を結んでおるのですぞ。徳川ばかりか織田と手切れをしてまで攻め込むものでしょうかな」

と、疑問を呈した。

久松俊勝も、

「わしも酒井殿に賛同致します。武田は今川を攻めたことで、北条と手切れとなりました。織田、徳川と敵対するということは、武田は孤立することになりますぞ。いくら、精強なる武田といえど、四方を敵に囲まれては衰えます」

忠次がわが意を得たりとばかりにうなずいた。

家康は数正を見た。黙って意見を求める。

「いかにも、今を見ればお二方のおっしゃる通りです。ですが、この先はどうでござろう」

数正は疑問を投げ返した。

「この先とは」

忠次は問う。

「信玄が上洛を志す時です」

数正は言った。

「信玄が上洛じゃと」

忠次は首を捻(ひね)り、俊勝と平岩親吉は思案を始めた。

「あり得ますぞ」

数正は力説した。

忠次は、

「しかし、いかに信玄といえど四方を敵に囲まれた状態で上洛の軍勢など催せるものかのう」

と、納得いかないように家康を見た。

家康は数正に、

「忠次が申したこと、いかに考える」

「信玄の妹は大坂本願寺管主顕如の妻でござる」

数正は答えた。

「本願寺と手を組むと申すか」

忠次は唸った。

「ないとは申せませぬぞ。一向宗徒は畿内、北陸、伊勢、越後に大きな勢力を持っております。総本山大坂が命令を下せば、越後の一向宗徒は上杉謙信の足を止め、伊勢長嶋の一向宗徒は信長公の足元を脅かします」

数正の言葉に皆黙り込んでしまった。

しかし、忠次は弱気を掃うように、

「いくら一向宗が強大とはいえ、それをあてに信玄は動くものかのう」

と、納得できないようだ。

「今すぐには動くまいが、動くことに備えねばならぬ」

数正は曳馬へ本拠移転すべし、と強調した。

「ならば、曳馬に移る」

家康は結論をくだした。

異を唱える者はなかった。

「岡崎城はいかにされますか」

平岩親吉が聞いてきた。守役とあって信康の身が気になるようだ。

吉田(よしだ)城は酒井忠次が城代となっている。家康が答える前に、

「西三河を束ねる石川殿が城代となられるのが順当かと」

俊勝が言った。

数正はそれを受け、

「殿、信康さまを曳馬に連れて行かれるのですか」

と、家康に確かめた。親吉が身構えた。

家康は首を左右に振り、

「信康は岡崎城に留めおく」

と、断を下した。

みなの目が彷徨(さまよ)った。

岡崎城に残すとは信康が岡崎城主となることだ。元服し、妻を迎えたとはいえ数え十一歳、いかにも若い、いや、幼い城主である。

みな、不安を抱いているが、それを口に出すことは、信康の器量を疑うようで、憚(はばか)られる為(ため)に押し黙っている。ただ、親吉のみは信康を支えようという責任に鼓舞

されてか、拳を握りしめていた。

家康はみなを見回し、

「すぐには移らぬ。曳馬城の改修を行う。三河、遠江を治める城にしては手狭じゃからな。移るのは来年になろう。信康は十二になるな……岡崎には数正を城代として置き、親吉は引き続き守役として信康を支えてくれ」

と、親吉に視線を預けた。

「平岩親吉、この身を以て信康さまに尽くします」

眦を決して親吉は両手をついた。

二

重臣たちを下がらせてから、家康は信康と瀬名を書院に呼んだ。

信康は緊張に頬を強張らせている。この為、大人びて見える。それが岡崎城を任せることへの安心感を抱かせた。

家康は曳馬に移ること、信康を岡崎城主とすることを伝えた。

「信康、頼むぞ」

家康が声をかけると、

「信康、命に代えましても父上のご期待に応えます」

幼さの残る顔と声音ながら意気込みで溢れている。

「その心意気はよいがな、死んではならぬ。大将が死ねば御家は滅ぶ。今川を見よ。義元公が討死を遂げ、坂を転げるようにして滅びの道を辿ったのだ」

家康はちらっと瀬名を見た。

「そうですよ、信康は岡崎城を守り抜き、やがては父上の後を継ぎ、徳川家を繁栄に導かねばならぬのです。勇と軽挙妄動は違うのです」

瀬名もたしなめた。

「心得違いをしておりました」

信康は素直に受け入れた。

「うむ、何も遠慮することなく、石川数正と平岩親吉に相談せよ。数正は知恵者、的確な答えを返してくれる。親吉は無類の忠義者、親身になってそなたに尽くす」

家康は数正を岡崎城の城代家老とすること、親吉を守役、近習として岡崎城に留め置くことを伝えた。抗うことなく信康は承知しました、と答えた。

次いで、

「母上もおられますので、心配はございません」

信康は瀬名を立てた。

瀬名は黙って微笑んだ。

「信康、下がってよいぞ」

家康は優しく声をかけ、信康は一礼して座を外した。

家康は瀬名に向いた。

「そなた、しかと信康を支えてくれ」

「この身に代えましても」

言ってから母は息子の為なら命を捧げるものです、と瀬名は言い添えた。

「うむ、そうじゃな」

理解を示しながらも家康の胸には隙間風が吹いてゆく。家康が曳馬に移ることには毛ほどの未練もないようだ。自分には無関心なのだろう。

「徳姫の儀式、そろそろか」

儀式とは女子が初潮を迎え、女の身体になったのを機に夫と枕を共にすることである。嫁いできて二年、徳姫は信康と同じ数え十一歳である。

「もう少し先と思います」

瀬名は冷静に答えた。

「そうか……わしらとて、孫の顔を見るのは早すぎるのう」

家康は笑ったが、

「わたくしは一日も早く見とうございます」

真顔で瀬名は答えた。

一日も早く信康に家督を譲れ、と言いたいのだろう、と白けた気分に襲われた。

「すぐにも曳馬に移りたいが……ああ、そうじゃ。曳馬を浜松と改名しようと思う。城も改修するつもりじゃ」

家康の言葉に瀬名の顔が曇った。

「何故、改名するのですか」

瀬名には拘りでもあるのだろうか。

「曳馬は馬を引く、つまり負け戦に繋がるのでな、どうも縁起が悪い。古の文書によるとあの辺りは浜松荘という荘園があったそうだ。それにちなんで浜松と名付けることにした」

家康の説明を受け、

「もっともらしいことをおっしゃっておられますが、本当のところは信長の真似でございましょう」

「なに……」

痛い所をつかれた。

「信長は次々と本城を移してきましたね。美濃を奪うと、井ノ口を岐阜と改めました。唐土の故事に倣ったとか。殿は信長を真似したいだけなのではありませぬか」

せせら笑うような瀬名への腹立ちをぐっとこらえ、

「信長殿は領国の拡大と目的によって居城を移してきた。それは、実に理に適ったものじゃ。見習うに不都合はない」

家康は怒りを呑み込みながら答えた。

「さようでござりますか。どうぞご随意に。わたくしは政には口出しをしませぬゆえ」

瀬名は言った。

「それと……浜松城には氏真殿をお迎えする」

家康は告げた。

今川家を滅ぼしてはいない。今川の血筋は絶やすことなく伝えてゆくのだとの思いだ。それが義元への恩返しだ、と家康は思っている。さすがに瀬名も氏真を浜松城に迎えるのに反対はしまい。

案の定反対はしなかったが、

「氏真殿、よくもおめおめと生きながらえるとは」

瀬名は喜びもしなかった。

「掛川城で籠城していた氏真殿を説き伏せたのはわしじゃ」

家康が庇うと、

「情けない」

首を左右に振り、瀬名は不快感を示した。

次いで、

「生き恥をさらすとは、氏真殿は何処まで今川を穢すおつもりでしょう」

興奮する瀬名に、

「氏真殿は由緒ある今川の血筋を絶えさせぬ為、敢えて生き恥をさらす道を選んだのじゃ。氏真殿の苦衷を察してやれ。そなたとて、今川の血が絶えることには抵抗があろう」

噛んで含めるように家康は説いた。

「今川は滅びませぬ。今川の誇りが失われぬ限り」

瀬名にとって今川は義元なのだろう。義元への尊崇が瀬名の支えなのかもしれない。瀬名の呼吸は乱れ、目は吊り上がった。

瀬名が落ち着くのを待ち、

「改修が終わり次第、浜松に移りたいが、その前に信長殿より援軍の要請があるかもしれぬ。上洛することになるゆえ、京の土産でも買ってまいるぞ」

家康は喜ばせるつもりだったが、

「ありがとうございます」

瀬名は無表情にうなずくのみだ。

瀬名が書院を出て行くと信長からの書状が届いた。来年春の上洛を要請してきた。予想していたことであり、家康はすぐに了承の文を書き送った。

続いて於大の部屋を訪れた。於大は岡崎城に留まったままだ。信康の祝言に立ち会って、信康の下を離れたくなったらしい。

だが、家康が浜松に移るに従い、今度こそ岡崎城を出るだろう。

曳馬を浜松と改名して移り、信康を岡崎城主として残す経緯を語ってから、

「浜松に移るのは、来年の夏頃になると存じます。母上もご一緒に」

家康は言った。

「そうですか。よろしくお願い致します」

於大はしおらくしくお辞儀をした。

「近々出陣します。しばらく留守にしますので、ご厄介をかけますがよろしくお願い致します」

家康が頼むと、

「わたくしの出番はありませぬ。瀬名殿がしかとおやりになるでしょう。瀬名殿はご立派な奥方さまですよ」

皮肉めいたことを於大は言った。

「まあ、母上、そう、おっしゃらずに」

家康は宥めた。

「よいのです。それより」

於大は家康から視線を外し、

「お万」

と、呼ばわった。

襖が開き、娘が入って来た。

お万と呼ばれた娘は丁寧に挨拶をした。

「浜松城に移ってから、家康殿のお身の回りのお世話をさせます」

於大は紹介した。

「よろしくお願い致します」

お万は挨拶をした。

際立った美人ではないが、親しみを覚える顔立ちだ。ぽっちゃりとした小柄な身体と相まって瀬名とは正反対である。池鯉鮒明神の社人、永見貞英の娘で於大の縁戚に当たるそうだ。

於大が目をかけ、側室に勧めているのだろう。お万を見ているとほんわかとした気分になった。そんな安心感を与えてくれる娘である。

「うむ、頼むぞ」

家康は浜松城に移る楽しみが出来た。

と、瀬名との約束が思い出される。信康が家督を継ぐまでは側室を置かない……口約束だがそれだけに家康の良心が試される。瀬名に義理立てをしても得るものはない。それによって瀬名との冷え切った間柄が改善もしないのである。それに、信康の身にもしものことがあったなら……やはり、子供は一人でも多い方がよい。信長が言うように子供は家の繁栄に繋がるのだ。

岡崎城には側室を置かない、と家康は約束をした。岡崎城ではなく浜松城に置くのだとは屁理屈もいいところだが、罪悪感を多少は薄められる。

加えて、浜松なら瀬名の目も届かない。

自分に都合のいい理屈がどんどん固まっていった。

三

家康が改修なった浜松城に入城したのは元亀（げんき）元年（１５７０）の五月であった。

浜名湖と天竜川の間、三方ヶ原台地の東南に位置し、改修前の城は東西一町（約百メートル）、南北一町半（約百五十メートル）ほどのこぢんまりとした規模であった。家康は大幅に手を加えた。城の規模を東西六町（約六百メートル）南北六町半（約六百五十メートル）に拡張した。西に向かうにつれ高台となっており、高台の山頂部に天守曲輪を設け、東に向かって、本丸、二の丸、三の丸の曲輪を配置し、古城と繋げた。曲輪は野面積の石垣を巡らせていた。

今後は城の周辺に家臣たちの屋敷を設けさせる予定だ。

武田信玄といえど、容易には落とせまい、少なくとも信長の援軍が駆けつけるまで凌（しの）げる、と家康は自負した。

ただ改修が終わるのを待っていたわけではない。四月には信長の要請で上洛し、そのまま越前（えちぜん）に遠征、朝倉義景（あさくらよしかげ）を攻めた。圧倒的優勢な内に戦局は展開したのだが、浅井長政（あざいながまさ）の裏切りに遭い、織田、徳川勢は挟み撃ちの危険に直面してしまった。信長は少人数の供回りだけを連れて京都に逃走、家康は木下藤吉郎、明智光秀（あけちみつひで）と共に殿軍を務めた。

散々な目に遭った後、慌ただしく浜松城に入城したのである。

信長のことだ。浅井、朝倉に煮え湯を飲まされて黙ってはいない。近日中にも浅井、朝倉に復讐戦を挑む。もちろん、家康も出陣するつもりだ。三河平定、遠江侵攻、そして信長の援軍、桶狭間の合戦から十年、家康は戦国大名として日に日に成長している。

十年前には夢想だにしなかった今の境遇だ。その間の世の移り変わりは予測がつかないことの連続であった。

感慨に浸りながらきたるべき浅井、朝倉との合戦を前に家康は鷹狩りを楽しむ。

鷹狩りは信長から勧められた。信長は無類の鷹狩り好きである。信長らしく工夫を凝らした狩りの手法でいつも大きな獲物を得ている。たとえば、狩場に連れていった家臣に案山子のふりをさせ、獲物の油断を誘った。

家康も鷹狩りの面白さを覚え、暇を見つけては行っている。瀬名がいれば、信長の真似だと嘲笑するだろう。

鷹狩りの利点は身体が鍛えられ、兵の訓練にもなることだ。それに民情視察も出来るのがありがたい。民の声を聞くことは政にも戦にも欠かせない。

遠江は長年に亘り今川の勢力下にあった。徳川領となって民は恐れと不安に包まれているに違いない。無理な年貢取り立てなどの圧政を強いれば、民の心は離れる。民に離反されれば、他国の軍勢に攻め込まれた際に、敵に寝返られる。城、砦に繋がる間道を案内されたり、兵糧を提供される。

家康は鷹狩りを行った村を巡検し、領民の声を聞き、領民と親しんだ。休息は庄屋の家で取ることにしている。

それが楽しみであった。

鄙にも好みの娘がいるのだ。いや、むしろ、里に住む素朴な娘の方がいい。瀬名のように顔色を窺うこともない。

庄屋の方も気を利かせ、娘に家康の給仕をさせる。家康はそれをいいことに娘たちと楽しんだ。

浜松に来てから家康は羽根を伸ばした。

食も進み、肥え出した。

夕餉には浜名湖で捕れた川魚が食膳に供され、麦飯を何杯もお代わりをした。お万はしきりと白米を勧め、庄屋たちも家康に食べてもらおうと米俵を持って来るが家康は頑として白米は食べない。

麦飯一筋である。

美食を避け、一汁二菜で済ませる。節約の為ばかりではなく、節制でもある。身体を鍛え、健康であり続けなければならない。健康を保つことも国主の務めだと家康は思っている。

家康の健啖ぶりに給仕をするお万も驚き、

「お殿さま、これで五杯目ですよ」

と、目をくりくりとさせた。

「食が進んで仕方がないのだ」

家康は出っ張ってきた腹を手で撫でさすった。

「まるでややがおるようじゃのう」

軽口を叩くと、

「まあ、面白い」

お万はころころと声を上げて笑った。

「肥え太ると馬に乗るのに不自由と思ったが、却って手綱捌きが巧くゆくのじゃ」

嘘偽りではない。

鷹狩りと共に民情視察を兼ねた野がけでも、実に軽やかに馬首を巡らすことができる。

「お殿さまは度量も大きくなられたのです。素晴らしいことですわ」

お万の誉め言葉に躊躇いもなく耳が傾けられる。満足して食事を終えると、お万の膝枕で耳かきをしてもらう。

「お寂しくはないですか」

お万は瀬名と信康、亀姫と離れて暮らすことを慮った。

「いや……」

家康は生返事をした。

確かに瀬名の目を気にしない分、のびのびと暮らせる。しかし、子供たちに会えないことには寂しさを感ずることがある。

このまま、岡崎と浜松、夫婦、親子が別々で暮らし続けると、この先どうなるのだろう、という不安はある。しかし、再び一緒に暮らすわけにもいかない。

家康は半身を起こし、

「寂しがっているように見えるか」

家康はお万の目を見た。

お万は小首を傾げ、

「そうは見えませぬ」

「ならば、どうしてそのようなことを訊いたのだ」

「そうですね……」

お万は困ったような顔になった。深い考えに基づいた問いかけではなかったのだろう。岡崎と浜松、別々で暮らす家康に対する気遣いであったに違いない。

「まあ、よい。お万がわしを気遣ってくれているのはわかる。母上に言われたのか」

　家康の問いかけにお万は首を左右に振り、

「万の思いでお尋ねしたのです」

「そうか、それはありがたいのう」

　家康はお万が愛（いと）おしくなった。於大から側室に勧められたからではない。お万の素朴さにひかれたのである。

　家康はお万を抱き寄せた。

　お万は僅かに抗ったが、家康に身を任せた。瀬名とは違う柔らかで豊かな肉付に安らぎを覚える。

　身体つきはお咲に似ているが、お咲のように浅黒くはない。色白という点では瀬名と同じだが、瀬名が白磁のように輝いているのに対し、お万には白桃のようなたおやかさを感ずる。

「よろしいのですか」

　お万は小声で問うてきた。

　その言葉の意味はお万自身の瀬名に対する恐れと家康の立場を慮ってのものだろ

う。

「もちろんじゃ」

言葉に力を込めることでお万を安心させた。

お万はうつむいた。

家康はお万に覆いかぶさった。

お万のか細い声が耳に心地よい。

「お万、わしの子を産め」

家康は言った。

「そ、そんな」

お万は戸惑いで身をよじらせた。

「産んでくれ。徳川家の為……いや、わしの為にな」

繰り返し、家康はお万を抱きしめた。

「い、痛い……痛うございます」

お万がいやいやをした。

お万の背中に回した手の力を緩め、家康はお万を抱き起こした。お万は目を伏せている。睫毛が微風に揺れ、甘やかな香が漂った。家康は手をお万の顎に添え、そっと上を向かせた。

お万は両目を見開きじっと家康を見返す。意外にも力強い眼差しである。瀬名を憚ることなく、家康の子種を宿そうという決意が感じられた。

家康は雄の情欲に加え、戦国大名の野心がむらむらと燃え盛った。沢山の子を作り、徳川家を繁栄させる。

家康を見つめるのを不敬と思ったのか、女の慎みを欠いたと恥じたのか、お万は再びうつむいた。

顎に添えた手を離し、家康はお万の着物を脱がそうとした。すると、お万はやんわりと拒み、すっくと立ち上がると背中を向け、帯を解き始めた。座したまま家康はお万を見上げる。

後ろ姿となった全裸のお万の丸々とした尻に家康の視線は釘付けとなった。女ならではの色香と母親の頼もしさを伝えている。

何よりも家康の肉欲をかき立てた。

「お万……」

語りかけるや、家康は獲物を狙う獣のように飛びかかった。振り返ろうとするお万の腰を抱き、尻に頬ずりをする。

たわわな尻肉が頬に優しくこすれた。淫情ばかりか安らぎも覚える。家康は尻から頬を離し、こんもりと盛り上がった丘の真ん中を貫く割れ目を両手で開いた。

淫靡な香と共に奥の院が覗く。

秘められた壺は潤い、家康を迎えていた……。


瀬名から文が届いた。

信康の近況を報せる内容が大半を占めていたが末尾に、

「やはり、殿は嘘つきですね」

と、したためてあった。

どきりとした。意味することはお万だろう。お万を側室にしたことを批難しているのだ。浜松城内の女中の中に瀬名の間者と言えば大袈裟だが、密告をする者がいるに違いない。

お万を側室にした、文句があるなら申せ、と開き直りたいが、やましさもある。家康にやましい思いを抱かせるのが瀬名の狙いではあるのだろう。

忌々しい女だ。

非は自分にあるとはいえ、瀬名の家康への恨みは深い。今や信康が二人の間を繋ぐ唯一の存在だ。

信康が一人前の武将となれば。

家中から仰がれるような器量を示す日がくれば、自分は隠居してもよい。隠居して好きな鷹狩り、そして目に止まった女と楽しむ、そんな暮らしが出来れば……。

いや、そんなことは夢物語だ。

瀬名が許す、許さないではない。戦国の世がそうはさせてくれない。戦国の世にあって安寧の地などありはしないのである。

戦のない世がくれば……

漠然と家康は思案をした。

四

二年が過ぎた。

石川数正の見通しは的中した。武田信玄が上洛に向け動き出したのである。二年の間、信長は獅子奮迅の働きをしていたが、動けば動く程、戦えば戦う程、敵が増え、苦境に立たされている。

浅井、朝倉は健在、三好党、六角の残党、そして一向宗徒。わけても一向宗徒とは大坂本願寺の管主、顕如が仏敵信長を倒せと号令し、まさしく血で血を洗う凄惨な合戦を繰り広げていた。

信長を窮地に追い込むこれらの勢力の中心に将軍足利義昭がいるようだ。

信長のお陰で将軍になった義昭だったが、次第に両者の間には溝ができた。信長の傀儡(くぐつ)と化すことをよしとせず、義昭は将軍の権威を示そうとした。信長は義昭の行動を制限する挙に出た。

義昭が身贔屓(みびいき)で寵臣(ちょうしん)に所領を与えることを禁じ、必ず信長の了解を得ること、給付に当たっては信長の印判が必要だとした。また、義昭が全国の大名に書状を送る際には信長の添え状が必要だ、ともした。

義昭は信長を排斥すべく、前記の諸勢力に信長打倒を呼びかけたのだ。

信長の味方は家康だけという有様である。

そして、決定的な窮地が武田信玄の上洛である。

元亀三年（１５７２）十月、風林火山の旗を掲げた三万の武田勢は甲斐を出陣した。

京の都に向かう途上にある家康の領国、遠江、三河は蹂躙(じゅうりん)されてしまう。この危機に家康は重臣たちを浜松城の大広間に集め、軍議を開いた。

酒井忠次、石川数正、平岩親吉、久松俊勝、鳥居元忠(とりいもとただ)などの重臣たちの他、勇猛果敢な戦振りを示すようになった本多忠勝(ほんだただかつ)、榊原康政(さかきばらやすまさ)が加わった。忠勝と康政は共に数え二十五歳の若武者だ。

みなの顔に緊張が浮かんでいる。

「信玄の狙いをいかに思う。つまりじゃ、これはわが領国である遠江、三河を奪う行動なのか上洛なのか。信玄は信長殿を倒し、天下を取るまで考えておるのか、みなの考えを述べよ」

家康は疑問を投げかけた。

十二年前、今川義元は尾張に攻め込んだ。三河との国境に設けた拠点を確保し、あわよくば尾張を奪うのが目的であったが、上洛だと騒ぐ者たちもいた。今回の信玄はどうなのだろう。

まず鳥居元忠が口を開いた。

元忠は平岩親吉と同じく家康が今川の人質として駿府にいた頃から仕える譜代の臣である。年は家康より三つ上、駿府にいた頃は兄のような存在であった。

「信玄は都の公方（くぼう）さまの要請に従って軍勢を発したと聞いております。それが事実ならば、上洛の軍勢に他なりませぬ」

家康はうなずき忠次を見る。

「それがしも上洛の軍勢と思いますな。信長公は窮地に立っておられる。浅井、朝倉勢と近江小谷（おだに）城で対陣し、伊勢長嶋の一向宗徒は岐阜に迫る勢いです。そこに武田勢が加われば、いかに信長公でも……」

忠次は口をつぐんだ。

信長は滅ぶ、と言いたいのだろう。

すると、

「ということは、徳川家も滅ぶ、とお考えか」

数正が口を挟んだ。

たちまち忠次は気色ばみ、

「そんなことは申しておらぬ」

と、数正に食ってかかる。

数正は忠次をいなすようにみなを見回して淡々と語り出した。

「武田勢が信長公を滅ぼすには尾張、美濃に侵攻しなければならぬ。その過程にある徳川の領国を素通りするわけにはいかない。当然、徳川勢との合戦になる。信長公が滅ぶ前に徳川が滅んではならぬ」

数正らしい落ち着いた話しぶりで徳川家の危機を訴えた。忠次は口を閉ざす。

すると数正は、

「なにも酒井殿を責めておるのではない。今は内輪揉(も)めなどしておる場合ではないのじゃ。生き残りの方策を話し合おうではないか」

数正はみなを眺めまわした。

あまりにも難問の為、しばし沈黙が続いた。おもむろに数正が口を開いた。

「徳川の生き残りは織田と運命を共にすることにあらず、ということだ」

すかさず家康が、

「どういう意味じゃ」

忠次が、

「もしや、武田につけ、と申すか」

一同がざわめいた。

数正は静かな笑みをたたえ、

「それも一つの考えですな。武田勢の先兵となって尾張、美濃、更には近江、京の都に攻め込む。武田と共に天下を取る、その考えは大いなる野望を抱かせます」

数正は若き本多忠勝、榊原康政に視線を投げかけた。二人は賛同の声こそ上げなかったが、双眸を爛々と輝かせ、戦国武者としての野望を漲らせた。

みなの視線が家康に集まった。

家康はおもむろに口を開いた。

「わしは信長殿を裏切らぬ」

みなは沈黙したままだ。

「十二年前、わしは今川を裏切った。しかし、その際には岡崎に戻り、三河を松平家で平定するという大義があった。戦国の世とはいえ、いや、戦国なればこそ、大義なき裏切りは欲得だけの行いとなり、やがては滅びの道を辿るであろう」

腹の底から絞り出すように家康は語った。

「よくぞ、申された」

すかさず、数正が賛同した。

「当然のことじゃ」

家康は返した。

「その上で、武田勢にいかに対応するか、であるが」

数正は再びみなに問いかけた。

「籠城し、織田勢の援軍を待つのが常道であると思う」

忠次が意見を出した。

「いかにも」

平岩親吉が賛同した。

家康はうなずき、

「平八郎（へいはちろう）はいかに考える」

と、若武者、本多忠勝に問いかけた。

「わたしは討って出るべきと存じます」

臆することなく忠勝は答えた。

「馬鹿な」

即座に忠次が否定した。

「若いのう。勇ましい」

親吉は忠勝へ賞賛の言葉を投げかけたが、その言葉の裏には蒼(あお)さをなじる批判が受け取れる。

「武田は三万じゃぞ。対して当家は八千。織田勢の援軍があっても精々、一万三千、いや、信長公の苦境を思えば、三千の援軍がいいところ。つまり一万一千じゃ」

忠次は言った。

「桶狭間を思い出してください。二万五千の今川勢に信長公は二千で合戦を挑み、大勝利を収めたではありませぬか。勝敗は軍勢の数だけで決まるのではありませぬ。将と兵が一丸となって当たれば、勝機が見いだされるのです」

ここぞとばかりに忠勝は言い立てた。

「信長公は確かに二千で挑まれたが、義元公の本陣は乱捕りに出かけた兵が多く、手薄であった。おまけに突然の嵐で混乱もしておった。そこに予想外の攻撃を仕掛けられ、兵たちが浮足立ってしまったのだ。信長公には幸運が重なったのだ。ま、それが武運というものじゃが……」

冷静に忠次は桶狭間の合戦を振り返った。

「ですから、今回も信玄の本陣をつけばよいのです」

　忠勝は強気だ。

　負けじと康政も、

「物見を放ち、武田勢の動きを見定め、信玄の居場所を確かめましょう。服部殿、お願い致します」

　と、服部半蔵に向かって一礼した。

　半蔵が返事をする前に親吉が、

「信玄は何人もの影武者を使っておるとか。いずれが本物か見極められるかのう」

「そこは、服部殿の配下なれば」

　康政は頼もしそうに半蔵を見る。

「抜かりなく」

　半蔵は短く答えた。

　忠次は、

「運任せでは何とも頼りないぞ」

　と、不満を言い立てた。

　すると、そこへ信長からの使者がやって来て文を届けた。

　家康は文を広げた。

みな、家康の言葉、それはとりもなおさず、信長の言葉を待つ。

家康は家臣たちを見回し、

「信長殿は三千の援軍を送ってくださるそうじゃ。浅井、朝倉、一向一揆、四面を敵に囲まれた信長殿の苦境を思えば、三千の援軍も苦労なことであろう。我らには浜松城にて籠城を勧めておられる」

これには忠次と親吉は深くうなずいた。

対して忠勝と康政は不満そうだ。

「武田勢をやり過ごせ、とも書いておられるな」

家康は言い添えた。

「信長公は、徳川の領国を黙って通せとおっしゃるのですか」

忠勝は大きな声を出した。

すると、数正が宥めるように右手をひらひらと振り、

「それも良策である」

「そうは思えませぬ」

康政が反発した。

「落ち着くのじゃ」

家康が宥めるとさすがに忠勝も康政も表情を落ち着かせた。

数正が口を開いた。

「武田勢をやり過ごし、尾張に入れる。しかる後、信長公は織田勢と徳川勢で武田勢を挟み撃ちにしようというお考えではないでしょうかな」

「まさしく、その通りじゃ」

家康は賛意を表した。

忠勝も康政も異を唱えなかった。

「ならば、籠城と決する」

家康が断を下すと一同は平伏した。

軍議を終え、家臣たちが大広間を出て行く中、家康は数正を呼び止めた。

数正は家康の近くに寄る。

「数正、よう進言してくれた。わしが信長殿を裏切り、武田の先兵になっては、とな」

「殿もそれがしの心中をよくぞお察しくださりました」

数正は慇懃(いんぎん)に頭を下げた。

「壁に耳あり、じゃ。本日の軍議の中味は信長殿の耳に入ろう。そちの案に乗っては、信長殿はわしを裏切り者と見なす。苦境を脱せられたら、必ずや徳川を潰しにかかるであろう」

家康は肩をそびやかした。

「殿も芝居が巧かったですぞ。あれで、誰もが殿は信長公を裏切るとは微塵も思いませぬ。信長公との盟約を金科玉条の如く守る誠実な武将そのものでした」

数正は一礼して、大広間を去っていった。

五

軍議を終え、家康は寝間に戻った。

「お疲れさまでござります」

お万が三つ指をついた。

「ああ、疲れたな。戦をせぬ内に疲れたとは、我ながら情けない」

家康は薄笑いを浮かべた。

「お殿さまは戦場ばかりで戦をなさっておられるのではないのです。一日中、合戦をしておられるのです。休む間もなく」

お万は家康の肩を揉み始めた。

「うれしいことを申してくれるのう」

お万への愛おしさが募る。

瀬名なら、弱音を吐いているのだ、と叱咤するであろう。家臣の前では弱音は吐けない。

「殿、では、十分にお休みくだされ」

お万は寝間を去ろうとした。

家康はお万を抱き止めた。

「いけませぬ。お疲れでございましょう」

お万は甘えた声を出した。

「かまわぬ。これから、お万相手に合戦をするのじゃ」

冗談を口にする余裕を抱くことができた。

「まあ」

お万はくすりと笑った。

「いくぞ」

家康が声をかける。

「負けませぬ」

お万は口をへの字にした。

「よくぞ、申した」

家康はお万に覆いかぶさった。

武田勢の進撃は凄（すさ）まじい。

風林火山の旗が進むところ無敵であった。

信玄率いる武田の本軍は信濃路を通り青崩峠（あおくずれ）を越えて遠江に侵攻し、十二月十九日には二俣（ふたまた）城を落とし、浜松城に迫った。この間、秋山虎繁の別働隊が東美濃に進軍し、恵那（えな）郡岩村（いわむら）城を戦わずして手に入れた。

まさしく鎧袖一触（がいしゅういっしょく）、大人と子供の喧嘩（けんか）であった。

浜松城には佐久間信盛、平手汎秀（ひらてひろひで）、氏家卜全（うじいえぼくぜん）、水野信元が率いる織田の援軍三千が到着した。

城門を閉ざし、武田勢を待ち構える。風林火山の旗が示すように風のように来襲し、火のように攻め立てるのであろうか。

家康は数正と忠次、佐久間信盛と討議した。

「当初の予定通り、籠城して武田勢の攻勢を持ちこたえます」

忠次が言うと、

「そうなされませ。信長公からもくれぐれも城に籠り、一歩も出ぬようにと仰せつかってござる」

信盛は釘を刺した。

それを受け、忠次が言った。

「城攻めには四倍の兵力がいるのは兵法の常道。しかるに、武田勢は二倍程じゃ。精強なる騎馬武者を多数揃える武田勢でも城攻めとなれば、馬は使えませぬからな」

「ごもっともですな。いくら信玄でも、この城は落とせませぬぞ。年内はおろか、春までも浜松に釘付けであろう。さすれば、信長公は浅井、朝倉を蹴散らして浜松まで駆け着けます。それまで、ご辛抱くだされ」

信盛は諄々と徳川家臣団に説いた。

家康も忠次も数正も自信ありげな表情を浮かべた。武田勢への対応が決まったことで、酒宴となった。

家康は上段の間に座し、みなが意気軒高に酒を酌み交わしているのを余裕の気持ちで眺めることができた。浜名湖で捕れた鯰を肴に飲んでいると瀬名からの文が届いた。

こんな時に……

内心で舌打ちしてから家康は文を広げた。瀬名らしい神経質そうな細かい文字が並んでいる。それによると、岡崎城では信康以下、一致団結して武田勢を迎え撃つ、と綴られている。

家康も武田勢相手に浜松城で引っ込んでいるのではなく、正々堂々合戦に及んでください、と檄を飛ばしていた。

家康を臆病と難詰している。

浜松城に引っ込んで、領国内を荒らされるのを、指を咥えて眺めているのか、顔に唾を吐かれ何もせずに嵐が過ぎる稲穂のように潜んでいるのか。

文を持つ手が震える。

息が乱れる。

百目蠟燭の明かりが届かぬ闇から瀬名の嘲笑が降ってくる。家康の臆病をなじり、義元公の恩を忘れた裏切り者と罵った。

「おのれ」

家康は真っ赤になった。

耳を塞いだが、耳朶の奥にまで瀬名の罵詈雑言が響く。激しく首を左右に振り、瀬名の生霊を追い払った。

すると、闇から全裸の瀬名が現れた。

「せ、瀬名……」

家康は座ったまま後ずさりした。

瀬名は妖艶な笑みを浮かべながら家康にまたがった。両の福耳を両手で摑(つか)むや乱暴に引っ張り上げた。

「やめろ！」

瀬名から逃れようと両手、両足をばたばたとさせた。

「わたくしに勝てますか」

瀬名は騎乗位で身体を上下に律動し始めた。

数正が家康の変化に気づいた。家康の側(そば)に寄り、ばたつかせる足を両手で押さえた。

我に返った家康は半身を起こした。厳寒の夜にもかかわらず、額から玉のような汗が滴り落ちた。千切らんばかりに爪を噛み、ぶるぶると震える。

数正は上段を離れ自分の膳に戻った。

やがて、みな、家康に視線を向け始めた。

「殿、いかがされた」

忠次が声をかけた。

「……討って出る……」

家康は呟(つぶや)くように言った。

「なんですと」

忠次は問い直した。

家康は立ち上がった。

「討って出るぞ！」

雄叫びを上げる家康にみな息を呑んだ。

「武田勢、黙ってわが領国を通ってゆくとは許せぬ。指を咥えて敵を見送って何とする。徳川の意地を見せようではないか」

血気盛んな家康の言葉に、

「やりましょうぞ！」

忠勝が応じると、

「武田信玄、恐るるに足りず！」

康政も意気込んだ。

信盛が忠次を見る。忠次から家康を諫めろと言いたいようだ。

忠次は家康に向き、

「殿、籠城に決したのですぞ」

「わかっておる。先ほどまではそのつもりであった。しかし、領国内を好き放題に荒らされ、それを見過ごしたとなれば、武士の名折れではないか。その方ら、口惜しくはないのか」

憤怒の形相で家康は言い放った。

「酒を飲み、酔った上のお言葉ではないのですか」

忠次は詰問した。

「そう思うのなら思え。戦に酔わぬ武者などいらぬ。戦に血を滾らせないでどうする！」

家康は忠次を怒鳴った。

「頭に血が上っては、大将として正しい判断などできませぬ！」

声を張り上げ、忠次は諫言した。

続いて信盛が、

「信長公はくれぐれも、武田勢に手出しは控えよときつく命じられましたぞ」

と、両目を大きく見開いた。

「信長殿にはわしの意地をお見せする」

家康は引かない。

信盛が異論を唱えようとするのを遮り、

「よい。籠城したい者はこの城に残れ。酒、肴を食らって高見の見物をしておるがよい」

家康は言うと出陣の陣触れを行わせた。

ここまでの家康の決意に逆らう者はいなくなった。

六

徳川勢は織田の援軍と共に浜松城を出陣すると、西へ向かった。

武田勢は三方ヶ原台地の祝田坂を下ってゆく。野戦において追撃ほど有利なものはない。祝田坂の頂きから攻め下れば、いくら精強な武田勢といえど撃破できる。

勝利を確信し家康は馬を走らせた。

年の瀬の夕暮れ時、身を切るような寒風に吹かれながらも寒さを感じない。祝田坂の頂きに近づくと物見が馬を寄せて来た。

「武田勢、魚鱗の陣で我らを待ち構えております」

物見の報告は一瞬にして勝利の自信を打ち砕いた。

やられた。

まんまと信玄に釣り出されてしまった。信玄は敢えて浜松城を攻めず、家康が討って出るのを待っていたのだ。

そうとわかっても今更、引き返せない。

軍勢を返せば武田勢の追撃に遭う。風林火山の旗印をなびかせ、武田勢は火のように攻め立てるだろう。

全身が粟立ち、福耳が萎んだ。耳ばかりではない。陰茎も陰嚢も縮み上がる。

落ち着け、と自分に言い聞かせ、

「鶴翼の陣を張れ！」

家康はかすれ声で物見に命じた。

徳川、織田勢が鶴翼に展開を終える前に武田勢は攻めかかって来た。寄せ太鼓、銅鑼が打ち鳴らされ、朱色の甲冑を身に着けた将兵が突撃して来た。夕陽を弾く真っ赤な甲冑は鑓を合わせる前から徳川、織田勢の血潮を浴びているようだ。

日が落ちれば……。

闇に閉ざされれば攻撃の手が緩まる。それまで凌げば。

無我夢中で家康は鑓を振るった。

が、家康の願いも虚しく、武田勢の猛攻に徳川、織田勢は陣を乱し、敗勢は明らかとなった。

討死覚悟だ、信玄相手に死に花を咲かせようと家康は敵勢の真っただ中に馬を向けようとした。

すると、

「殿、お戻りくだされ！」

大音声と共に馬から引きずり降ろされる。三河、遠江の郡代を任せている夏目次郎左衛門吉信である。

「次郎左衛門、何をする」

家康は抗ったが、

「殿、御免」

吉信は家康の兜を奪い、自分の兜の代わりに被った。家康の身代りになるつもりだ。

「さあ、早く。城へお戻りなされ」

「次郎左衛門……」

家康は吉信を見返した。

「殿に救われた命です。殿にお返し致します」

吉信は家康の馬を駆り、

「我こそは徳川三河守家康ぞ！　我と思わん者は勝負じゃ！」

馬上、吉信は叫び立てた。

夏目吉信は九年前、松平家を割った一向一揆との戦いで一揆側に味方した。一揆が鎮定された後に捕えられたが、家康は許し、帰参させたのだ。

その時の恩を吉信は返そうとしているのだった。

「次郎左衛門、すまぬ」

家康は吉信の馬に乗り、浜松城に向かって敗走した。

ほうほうの体で浜松城に戻った家康は、城門を開いたままとし、城内には盛大に篝火(かがりび)を焚(た)かせた。徳川はひるんでおらず、士気は高い、と武田勢に見せかける、兵法三十六計の三十二計にあたる空城(くうじょう)の計(けい)である。

「殿、よくぞ、ご無事で」

お万が家康を迎えた。

家康はお万の顔を見て、生きて帰った実感が湧いた。

膝から頽(くずお)れた。

近習たちが甲冑を脱がすべく控えた。それを見て家康は腰を上げる。大きくよろめいた。すかさず近習が支えようとしたが、

「大丈夫じゃ」

意地を張るようにして近習を遠ざけ、仁王立ちをすると、両手を真横に伸ばした。

近習たちが甲冑を脱がせた。

鎧直垂(よろいひたたれ)も脱ぎ、下帯一つとなったところで、

「湯屋にゆく。お万、背中を流せ」

家康は湯殿に向かった。

もうもうとした煙の中、湯舟に身を沈める。

自分は間違っていたのだろうか。瀬名の手紙に頭に血が上ってしまったのだろうか。

思わず、声が漏れた。

「ううっ」

正しいか間違っていたのか。

考えるまでもない。

負けたのだ。しかも、鎧袖一触の下に叩きのめされた。まるで歯が立たなかったのだ。負けはすなわち間違いであったということだ。

徳川家康、大敗北だ。

家康は湯舟の中にざぶんと頭まで浸かった。

湯煙の中にお万が立った。

「殿、お背中を」

お万は言った。

「こちらに参れ」

家康は手招きをした。

「ですが」

湯帷子(ゆかたびら)が濡(ぬ)れるのをお万は気にしているようだ。

「よいから参れ」

家康は繰り返した。

お万は湯舟の近くに来た。

家康は立ち上がった。湯が溢れ、お万の湯帷子が濡れる。お構いなしで家康はお万を抱き上げ、湯舟に浸かった。

紅色の胸のとんがりが透け浮いている。

「殿……」

戦での猛(たけ)りをお万との枕合戦にぶつけた。

七

翌年の四月、三方ヶ原の大勝が花道であったかのように武田信玄は病没した。

信玄の死は秘匿(ひとく)されたがそのような大事、隠しおおせるものではない。数日後には信長の知るところとなった。その機を逃す信長ではない。

信長は五万の軍勢を率いて上洛、周囲に敵を抱えることになった元凶、足利義昭を攻めた。四月には義昭の御所の周辺、上京(かみぎょう)一帯を焼き尽くした。焼野原にぽつんと残った御所は義昭の無力さを無言の内に語るものであった。

一時的に和議を結んだが、その後性懲りもなく義昭は再び挙兵、今度は京の都の南、宇治(うじ)の槙島(まきしま)城に拠(よ)った。義昭は武田信玄の上洛を信じての挙兵であった。

信長は槙島城を攻め落とし、足利義昭を追放した。

足利将軍が都からいなくなり、信長が都の治安、朝廷の保護を担う。信長は人心一新を図り、改元を奏請、「元亀」から、「天正(てんしょう)」とした。天下を正す、いかにも信長らしい強い意志を明確にした元号であった。

義昭追放後、時を置かず近江小谷城を囲んだ。浅井救援に着陣した朝倉勢を攻撃、敗退する朝倉勢を追撃して越前に侵攻、朝倉家を滅ぼした。

更に返す刀で小谷に戻り、浅井も滅ぼし去った。

「信長殿の凄(すさ)まじきこと雷鳴の如しじゃな」

寝物語で家康はお万に話した。

「怖いお方なのですね」

お万は家康の胸に顔を埋(うず)めた。

「上さまは、人ではないな」

家康は言った。

「上さま……」

お万は顔を上げた。

「信長殿は天下人じゃ。織田家中や都、畿内の者ども、それに接する大名どもも上さまと呼びだしたそうじゃ」

「わたしにはようわかりません。殿も天下をお望みなのですか」

「そんなもの、欲しくはないと申せば嘘になるが、わしには夢物語じゃな。そのような不確かなものは欲しがりようがない」

それは本音である。

「そんなお殿さまがわたしにはありがたいです」

お万は言った。

「お万はどうなのじゃ。天下人に愛されたいか。三河、遠江の田舎大名に愛されたいか」

家康は冗談めかして問いかけた。

「わたしは天下人だのお大名だの、そんなことよりお殿さまを愛おしく思っております」

お万の言葉は、本音なのかどうかはわからない。勘繰れば嘘偽りを言っているとも考えられる。

「わたしだけではありませんよ。お殿さまを愛おしく思っておるのは……」

「母上か……母上は歯がゆく思っておられるだろうさ」

白けた気持ちで家康は吐き捨てた。

「違います。ここにいるのです」

お万は腹を指で撫でた。

一瞬にして希望の光が差した。

「お万、ややこができたのか」

家康は声をはずませた。

「はい」

お万はにっこり微笑んだ。

「でかしたぞ」

思わず強く抱きしめたがお腹(なか)の子に障るとさっと身体を離す。

「ようやったな。労(いた)わらねばな」

家康はそっとお万の腹を撫でた。

「おのこをお望みですか」

お万は言った。

「おの子がよいが姫でもよい。元気な赤子を産んでくれ」

答えながら、家康は瀬名を思った。瀬名がお万の懐妊を知ったのなら怒り心頭に発するか。男子であったなら、家康に隠居を迫り、信康へ家督を譲ることを求めるかもしれない。

何としてもお万とお腹の子を守らねば。

「お万、すまぬが城から出た方がよいな」

家康は勧めた。

「わたしとやや子が邪魔でございますか」

お万の顔は不安に彩られた。

「そうではない。愛おしいゆえ、申しておるのじゃ」

家康は言った。

しばらく後、

「奥方さまでいらっしゃいますか」

お万は言った。

「そうじゃ。いくら、瀬名とてそなたに危害を加えるようなことはないと思うが、もしものことがあってはならぬ」

家康の勧めをお万は受け入れた。

家康は服部半蔵を呼んだ。

近在の村にお万の屋敷を設けたい旨を語った。

「承知しました」

半蔵なら間違いないであろう。

「情けなきことじゃ。側室に子が出来て、正室に遠慮せねばならないとはな」

自嘲気味の笑みを家康は漏らした。

「奥方さまは、信康さまのことだけしか眼中にござりません」

半蔵は言った。

「まったくのう。息子を溺愛する母親は珍しくはないが瀬名は度が過ぎておる。信康への慈しみはわしへの憎悪の裏返しなのかもしれぬがな」

家康はため息を吐いた。

天正二年の二月、お万は男子を産んだ。

村の庄屋の屋敷ではなく重臣本多作左衛門重次の屋敷だ。

後の結城秀康である。

次男誕生だ。

と、めでたしとはならなかった。

家康はお万を預けてある本多作左衛門重次の屋敷にやって来た。男子と聞いていて、飛び上がらんばかりの気持ちを胸に仕舞い、お万のいる部屋へと入った。

赤子の泣き声が聞こえた。

が、何だかおかしい。賑(にぎ)やかに過ぎる。

障子を開けた。

お万が布団の傍らに座り赤子の顔を覗き込んでいた。

赤子は二人いた。

「お万……赤子は二人……双子なのか」

震える声で家康は語りかけた。

お万は家康を見上げ、

「二人とも元気な男子です。わたしは二人を育てます」

毅然(きぜん)と言った。

家康の胸が激しく揺れる。

この時代、双子は忌み嫌われた。犬畜生と同じ双子腹と蔑まれたのだ。下の子を他家に出すか殺すかしなければならない。

せっかくの男子誕生なのに……。
せせら笑う瀬名の顔が浮かんだ。

第四章　築山殿死す　―別離―

一

お万が産んだ双子の内の一人は実家である三河池鯉鮒明神に預けられた。

お万はそのことが不満だったようで、めっきりと笑顔が消えた。明朗快活なお万は別人のように暗くなった。

家康も本多作左衛門の屋敷に通う足が遠のいてしまった。

作左衛門は大事な次男と生母を誠心誠意保護してくれている。

瀬名は不気味な沈黙を守っている。

耳にしていないはずはないのに、お万に子が産まれて、何も問い合わせてこない。

瀬名との約束を反故にした家康が自責の念に駆られるのを楽しんでいるのだろうか。

信玄の跡を継いだ勝頼は果敢に徳川領をおびやかしている。家康は奮戦したが、天正二年（１５７４）の六月には勝頼によって高天神城を奪われてしまった。高天神城は遠江の菊川下流に位置する山城である。眼下に遠州灘を望め、遠江の奥深くに楔を打ち込まれたようなものであった。

遠江失陥の窮地に立たされたが、翌天正三年長篠において、織田徳川連合軍は武田勢を完膚なきまでに破り、ひとまずの危機を脱した。

長篠の合戦に大勝利した後の六月、家康は岡崎城を訪れた。

夏真っ盛り、大地を焦がす強い日差しが降り注ぎ、城内に陽炎が立っている。木々の緑が目に鮮やかで、蝉の鳴き声がかまびすしい。

本丸御殿奥の小座敷で瀬名と信康、亀姫と対面をした。家康は亀姫の成長に目を見張った。数え十四歳、瀬名に似てくれたお蔭で楚々としたたたずまいの美人になっている。娘盛りを迎えれば美貌に更なる磨きがかけられるだろう。

うれしくなった。

瀬名も今日は機嫌が良い。

「信康、長篠では見事な働きぶりであったな」

世辞ではなく、長篠では信康は一軍の大将として出陣、その指揮ぶりは勇猛果敢、その上落ち着いており、大器の片鱗を窺わせるに十分であった。

瀬名は満足そうにうなずく。

信康も、

「微力ながらお味方の勝利に貢献できましたこと、うれしく存じます」

これまた、家康には似ない丹精な面差しでそつのない答えをした。数え十七歳の信康は既に家康よりも背が高く、甲冑姿は凜々しい若武者であるが、立て烏帽子と狩衣を身に着ければ都の公達で通用しそうだ。今川義元を尊敬する瀬名の薫陶を受けたお蔭であろう。

「うむ、これからも戦は続く。戦場にての働きを期待するが、軽挙妄動は慎め。勇猛ばかりが武者ではない。父も三方ヶ原では痛い目に遭った。わしの意固地のせいで千人を超す者を死なせてしまったのだ」

ちらっと、瀬名を横目に見る。

家康を焚きつけておいて瀬名は無表情で正面を向いていた。嫌な空気が流れそうになった為、家康は視線を徳姫に向けた。

徳姫は家康の視線を受け止め、

「信康さまのお働き、父も褒め称えておりました。良き夫に嫁いだ、と」

と、言った。

家康はうなずく。

すると信康は、

「次に武田と戦う時は織田の助けは求めず、わが徳川だけで行いましょうぞ。高天神城は徳川の手で奪い返すのです」

と、勇んだ。

「これ、そのようなことを申すものではない。長篠の勝利は上さまの策によってもたらされたのじゃ」

すると信康は不満顔で、

「織田殿は堺を支配下に置いておられるゆえ、沢山の鉄砲が揃えられますからな」

いかにも負けん気の強いところを見せた。どうやら、信康は勝因を鉄砲と考えているようだ。それに、信長を、「上さま」と呼ばずあくまで、「織田殿」と呼び続けている。盟約を結んだ織田家とは対等なのだという思いだろう。

盟約を結んだ当初こそ家康も対等の意識であったが、信長が上洛を遂げ天下に号令するようになってから物怖じするようになり、今では主君のように接している。

瀬名のことだ。そんな家康を蔑み、信康には織田は対等だと言い聞かせているのだろう。

信長への対抗意識の余り、長篠の合戦における信長の采配を見誤っている。その考え違いを正そうか、そうすれば信康はかえって反発し、せっかくの親子対面の場はぶち壊しになる。

家康は長篠の合戦から話題を転じようとした。

が、信康は持論を展開した。

「織田殿は鉄砲組に武田の騎馬武者の馬を撃たせました。馬を撃つなど……」

この時代、馬を攻撃対象とするのは禁じ手であった。すると、徳姫が、

「源平の争乱、壇ノ浦の戦いで源九郎義経公は平家方の水夫に矢を射かけさせた、とか」

と、言葉を添えた。父への侮辱が許せないのだろう。

水夫を攻撃対象とするのも禁じ手である。源義経はそんな禁じ手を平然と破った。父の名誉の為に徳姫はその例を出したのだ。

顔色を変え信康は気色ばみ、

「女子が戦に口出しをするな！」

と、怒鳴った。

はっとして徳姫は両手をついた。家康がとりなす前に、

「信康の申す通りです。慎みなされ」

追い討ちをかけるように瀬名も徳姫を窘めた。

瀬名だって三方ヶ原の合戦の際に、籠城策を取ろうとした家康を卑怯呼ばわりして討って出よと求めたではではないか、という思いをぐっと堪え、

「信康、長篠の勝因はな、鉄砲も大きい。じゃがな、鉄砲は軍略成就の為の道具に過ぎなかった。勝利の肝は馬止の柵と堀によって陣を砦にしたこと、そして酒井忠次に中入りをさせたことじゃ」

信長は織田勢三万、徳川勢八千を丘陵に上げ、柵と堀を構築させた。武田勢の突撃に備えてである。

そして、酒井忠次に五千の軍勢と五百丁の鉄砲を預け、夜陰に乗じて武田本陣の背後に進軍させた。

中入りとは対陣中の一方が軍勢の一部を割いて敵の背後を突かせる戦法である。一見して良策のようだが、あくまでも机上での作戦と言えた。実戦において、軍勢の一部を割けば陣形が乱れるばかりか、敵に動きを察知され、迎撃されるのが落ちだからだ。

武田信玄ほどの名将にしても、川中島の戦いにおいて軍勢を二手に分け、一方を上杉勢の背後を突かせ、本隊で迎撃する策、啄木鳥の戦法を行ったが謙信に見破られ、苦戦を強いられた。

つまり、中入りはやってはならない戦法であった。敵にやらせるという策さえあ

るのだ。ところが、信長は長篠の合戦以前も姉川の合戦、朝倉を滅ぼした追撃で中入りを採用して大勝している。中入りは信長ならではの奇策なのかもしれない。

長篠の合戦の際はこの中入りを進言したのは酒井忠次であった。家康は窘めた。家康ばかりか信長も進言を退けた。

「そのような姑息な手は三河辺りの田舎戦なら通用するかもしれぬが、今回のような天下の大戦には通用せぬ」

と、信長は忠次を罵倒までした。

ところが深更、信長は忠次の陣に使者を送り、直ちに出陣せよと援軍と鉄砲組を付属させたのだ。驚く忠次に軍議の場ではわざと不採用とした。武田の間者に漏れるのを警戒した処置であった、と使者は信長の言葉を伝えた。

忠次勢は勝頼の本陣背後に回り込み、長篠城を包囲する武田勢を攻撃した。武田の包囲軍は忠次と長篠城を守る奥平勢に挟み撃ちにされた。併せて、勝頼は背後を絶たれ、正面突破せざるを得なくなったのである。

信長が流した噂、すなわち織田、徳川勢が武田勢を恐れる余り、丘の上に籠っている、との偽情報を勝頼は信じたこともあり、正面突破は容易に出来ると判断した。信長は突撃してくる武田勢に対し、下知があるまでは防戦に徹し、柵の外に討って出ることを禁じた。

武田勢は堀と柵に阻まれそこに鉄砲を浴びた。勝頼は焦る余り、突撃を繰り返したが、犠牲は大きくなるばかりだった。信長は武田勢の消耗を見て取り、全軍に討って出よと命じた。武田勢は総崩れとなって敗走したのである。

「わかったか、上さまの深謀遠慮（しんぼうえんりょ）」

家康は諭すように問いかけた。

信康は押し黙っていたが、

「父上、織田殿を上さまと呼ぶのは間違っておると思います」

と、反発をした。

「なんじゃと」

家康は問い直した。

「足利義昭公は依然として将軍の地位にあられます。上さまとは公方（くぼう）さまの尊称ではないでしょうか」

信康は異を唱えた。

続いて瀬名が、

「信康の申す事、一理も二理もあります」

と、信康を庇（かば）った。

徳姫はうつむいている。亀姫は横を向き、やりとりに加わろうとしない。

「上さまとは将軍の尊称であるが、戦乱の世にあっては天下人の尊称じゃ。信長公は足利将軍家に代わって天下を差配しておられる。上さまとお呼びして差支えない」

　この話題はこれまでだ、というように家康は亀姫に向いた。

「そうじゃ。今日はのう、めでたい話を持ってまいったのじゃ。よいか、亀の縁談じゃぞ」

　家康が語りかけると亀姫はきょとんとなった。

「相手はどちらの……」

　瀬名がたちまちにして興味を示した。

「長篠城主奥平信昌（のぶまさ）殿じゃ」

　信長の勧めである。

　信長は奥平信昌の奮戦を高く評価し、武田勢の三河侵攻の防波堤としての役割の重要さも加味して徳川との縁を深めるよう勧め、信昌と亀姫の縁談を提案したのだ。また、信昌は貞昌（さだまさ）という名であったが、信長が、「信」の字を与えた。

　そんな経緯があるのだが、家康は瀬名の反発を考え、信長の勧めだとは言わずにおいた。

「輿（こし）入れは来年じゃ」

家康は言い添えた。

半信半疑の亀姫に徳姫が祝いの言葉を送った。瀬名もよかったと声をかけたが何処か他人事であった。

「奥平殿は優れた武将だ。お亀、よかったな」

信康にも喜ばれ、亀姫も笑みを浮かべた。

亀姫は家康に礼を言った。

家康もやっと安堵した。

二

信康、徳姫、亀姫が座を掃い、瀬名と二人となった。瀬名が二人で話したそうであった為に、その場を設けたのである。

きっと、お万と双子に言及するだろうと身構えた。瀬名は家康が側室を持ったことを責めるだろう。浜松城にはいないことを言い立てようかと思案していると、

「未だ、信康には徳川姓を名乗らせないのは何故ですか」

予想外の話題を瀬名は持ち出した。

信康には徳川信康ではなく、松平信康を名乗らせている。岡崎三郎が通称であっ

た。松平家は当主の通称として太郎ではなく、三郎とか次郎三郎を名乗っている。家康は次郎三郎、父広忠は次郎三郎か三郎、祖父清康は次郎三郎を名乗った。

「信康が徳川家の家督を継いだ時に名乗るのじゃ」

　家康は答えた。

「ですが信康は嫡男なのですよ。殿が尊崇しておられる上さまの嫡男の信忠殿は織田信忠を名乗っておられます」

　皮肉たっぷりに瀬名は、「上さま」を殊更大きな声で言った。

　痛いところをつかれた。

　本音は、徳川姓を名乗らせないのは瀬名への抵抗である。

「わかった。考えておく。しかし、今すぐというわけにはゆかぬ。すぐには家中や他家へのやり取りが大変であるからな。それに、信康には岡崎三郎を名乗らせておる。父も名乗った。事実上の徳川家の家督を継ぐ者ということではないか」

　しかし瀬名は納得せず、

「岡崎三郎はあくまで岡崎城主の通称でござります。今や徳川は今川の領国であった遠江にまで根を張っておるのです。岡崎三郎では、今川の組下であった松平家の当主に過ぎませぬ」

　未だ、今川を瀬名は引きずっている。腹立たしいが、そのことは置いておき、

「岡崎城の周辺に武将どもに屋敷を構えさせておるが、わしに相談はないぞ」

家康は話題を転じた。

実際、信康は気にかけた土豪を岡崎に呼び寄せ、屋敷を構えさせている。その為、家康が三河統治で組織した体制が揺らいでいる。つまり、東三河は酒井忠次、西三河は石川数正が統括するという体制とは別に、信康が独自に家臣団を組織するようになっているのである。

また、武田との戦において不便、不満を呼んだ。武田勢が侵攻してくると徳川傘下の土豪たちは自前の軍勢を引き連れて出陣するが、岡崎から出陣の準備の為に自領に戻らねばならないからだ。

「信康はいつでも徳川の大将になれるよう、準備をしておるのです。これは、むしろ、褒められてしかるべきと存じます」

瀬名が言い訳をした。

「家が割れるぞ」

静かに家康は懸念を示した。

「割れるとは……」

瀬名は小首を傾(かし)げた。

家康が答えずにいると、

「殿と信康が争うとおっしゃるのですか。まさか、そのようなことはありますまい」

「当然じゃ」

家康は唇を噛(か)んだ。

次いで、

「ともかく、そなたが目をかけた土豪どもを岡崎城の周りに屋敷を構えさせること、まかりならぬ」

と、きつく命じ、話はすんだとばかりに腰を上げた。

「もう、お帰りですか。お万が恋しゅうございますか。それとも、忌まわしい双子の一人が」

不敵な笑みを浮かべ瀬名は言った。

「黙れ！」

怒鳴ると同時に家康は瀬名の頬を平手で打った。瀬名は頬を手で押さえ驚きの目で、

「約束を反故にした上に手を上げるなんて……。あまりにご無体」

と、睨(にら)んだ。

家康は乱れた呼吸を調えてから返した。

「約束を違えたことはいくらでも批難せよ。じゃが、繰り返し申すぞ。岡崎城の周囲に家臣団の屋敷を建てるな。気に入った者どもを岡崎に集めるな」

「信康は身贔屓にしているわけではありませぬ。お気に入りの者を集めておるのではないのです」

心外だとばかりに瀬名は反論した。

「信康にその気はなくとも、岡崎に屋敷を構えた者を贔屓にしてゆくものじゃ。そうなれば、徳川家は割れるのじゃ」

家康は説いたが、

「殿は悋気の念を抱いていらっしゃるのではないのですか。若くして勇猛果敢ぶりを賞賛される信康を……時を経ず、武将として超えられることを」

瀬名は見当違いなことを言い立てた。開いた口が塞がらないとはこのことだ。わしが信康に嫉妬だと、信康がわしを超えただだと。信康への過度な評価ではなく瀬名は本気で思っているようだ。

「武将としてだけではなく、信康は文にも秀でております。和歌、漢詩なども実に巧みでござります。都の公家衆とも文を通じて和歌のやり取りをしておるのですよ」

誇らしそうに瀬名は語った。

家康は和歌の一つも詠めない田舎大名だと蔑んでいるようだ。

「そなた、今川を引きずっておるのう」

瀬名の理想とする武将は今川義元なのだろう。

「今川はわたくしの誇りでござります」

「今川は滅んだのじゃ」

家康は語調を強めた。

瀬名はまじまじと家康を見返し、

「いいえ、今川は滅んでなどおりませぬ」

瀬名の心の中に生き続ける、と言いたいのだろう。

瀬名とはわかり合えない。

諦めの気持ちを強くし、家康は部屋を出た。石川数正と平岩親吉が控えていた。

家康は批難を込めた目で数正と親吉を見た。

次いで、二人に声をかけることなくきつく唇を引き結んだまま歩き出す。二人は家康の不機嫌を見て、黙って従った。

岡崎城の城代を務める数正、信康の近習を務める親吉に対し、家康は信康を我儘放題にしたという不満が鎌首をもたげてきた。

表向の座敷に入り、家康はすとんと腰を下ろした。面前に数正と親吉が正座した。

「その方ら、信康の増長を見過ごしにしてきたな」

　家康は怒りをぶつけた。

　数正と親吉は平伏し、自分たちの不行き届きを詫びた。

「岡崎に屋敷を構えた者ども、即座に自分の領地に帰るように申し渡せ」

　家康は命じた。

「承知しました」

　数正が責任を以て請け負った。

　信康の増長ぶりを後押ししているのは瀬名だ。数正は瀬名と信康、亀姫を駿府から連れ戻してくれた。数正への感謝はひとかたならない。数正にしても、自分が連れ戻しただけに瀬名と信康を支えたいという気持ちは強いに違いない。

　加えて数正のことだ。

　折に触れ信康には意見具申、諫言をしただろう。もちろん親吉にしても信康を諫めたに違いない。

　二人の進言や諫言を信康は受け入れたとしても、瀬名が承知しなかったのではないか。

「数正、親吉、そなたらだけに責任があるとは思わぬ。瀬名の影響じゃ。今川を引きずる瀬名のな。そして、そんな風に瀬名をしてしまったのはわしじゃ」

落ち着いてみると二人を叱責するのはお門違いだと気づいた。怒りは自分に跳ね返ってくるのだ。そもそも、瀬名がこれほどに今川に拘るのは、それにしか自分の拠り所、誇りがないからだ。

瀬名は家康の妻となっても、松平家の、徳川家の人間になろうとはしなかった。今川義元を尊敬し、信康には義元になって欲しいのだろう。

風雅に和歌を詠み、博識を以て漢詩を作る。それもきっと義元を見習ってのことなのだろう。

思えば初夜がつまずきの初めであったのだ。

家康は二歳年下、今川家の人質の身、瀬名を娶ることにより今川家の一門に加えてもらう立場であった。その劣等感が瀬名に初夜の主導権を与えてしまった。

侍女から教わった枕絵のまぐわいをしようとしたが、瀬名に主導されてしまった。それ以来、瀬名とは騎乗位で同衾してきたのだ。

「親吉、ねやは大事じゃ。わしはしくじった」

家康は呟いた。

「はあ……」

親吉は困惑した。数正は浮かべそうになった笑みを噛み殺した。

「いや、何でもない。聞き流せ」

家康は苦笑した。

「信康さまには、殿に似て優れた武将の片鱗が窺えます。伸び盛りの青竹の如きでございます」

親吉は守役、近習として信康を庇い、家康の怒りを和らげようとした。

「青竹が育つのはよい。しかし、無用の枝葉が生えては伐採せねばならぬ」

淡々と家康は言った。

「御意にございます」

親吉は苦渋の表情を浮かべた。

「うむ、頼むぞ」

これ以上数正と親吉を責めるのは、自分の非を増幅させるようなものだ。

「信康に、徳川家を任せても大丈夫と思うか」

家康の問いかけに、

「むろんのこと」

数正は即答した。

親吉も強く首肯した。

「今すぐにもか」

家康は問を重ねる。

「今は時期尚早でござります」

　親吉が答えた。

「いつなら」

「さて、何時とは答えられませぬ。信康さまが瀬名さまから独り立ちなさった時と思います」

　親吉は家康の意図を読み込むように目を凝らした。

　瀬名からの独立か。まさしくその通りだ。そして、瀬名が今川から独立しない限り、それは無理だろう。家康はそのことは数正にも親吉にも言わずに岡崎城を後にした。

三

　その年も押し迫った十二月、信長から驚きの命令が届いた。

　三河刈谷城主、水野信元が武田に内通した、ついては腹を切らせろ、というものだ。俄かには信じられない。信元は於大の兄、つまり伯父であり、徳川と織田の盟約を仲介した功労者。その信元が織田、徳川を裏切り、武田に内通とはどういうことだろう。

家康は酒井忠次を岐阜に送り、事情を確かめさせた。

戻ってきた忠次に家康は真偽を確かめる。浜松城本丸御殿の奥書院に家康は忠次と二人きりとなった。

「佐久間信盛殿が水野殿の武田家への内通を上さまに讒訴したそうです」

忠次は報告した。

「どのように通じておったのだ」

決して好きではなかった伯父であるが、切腹させられるとなると他人事ではいられない。忠次が聞いたところでは信元は武田の武将、秋山虎繁に通じ、兵糧の搬入を行っていたという。

「確かな証は目にすることができませんでした」

忠次は言い添えた。

「根も葉もない噂ではないのか。武田が伯父上の失脚を狙い流布したのかもしれぬぞ。そんな噂を上さまが信じられたのか」

どうも腑に落ちない。

「ようわかりませぬが、既に信元殿は刈谷城を出て岡崎の大樹寺に移られたそうです。ついては、殿に大樹寺で水野殿の切腹を見届けるように、との上さまのご命令でございます」

最早、信元は自刃を逃れられぬと忠次は言い添えた。

「そうか」

ともかく、大樹寺に急ごう。


岡崎、大樹寺の庫裏の一室に信元はいた。

信元は白小袖に身を包み、正座をしている。

家康を見ると薄く笑った。

「伯父上、武田に内通とはどういうことですか」

困惑しながら問いかけた。

「わしが聞きたい」

信元は答えた。口調に覇気はなく、諦めの境地のようだ。

「濡れ衣であるのならば、申し開きをなされませ」

強く家康は勧めた。

しかし、

「再三に亘って行った」

「上さまはお聞き届けにはなられぬのですか」

「上さまに会うことも叶わなんだ。刈谷城に佐久間信盛が上使としてやって来て、わしの疑いを質しただけじゃ。その際にわしの申し開きは、一切受け入れられなかった。わしの武田への内通ありき、なのじゃ」

信元の目が尖った。

「何故、上さまは伯父上を排除なさるのですか」

武田への内通の真偽にかかわらず、信長は信元を除きたいようだ。

家康は信じられないと繰り返した。

「わしが邪魔になったのだろう。織田と徳川の狭間にある水野家じゃ。刈谷周辺の領地が織田家に欲しいのであろう」

冷めた顔で信元は考えを述べ立てた。

「わしが上さまに伯父上の濡れ衣を訴えましょう」

家康は申し出た。

「やめておけ。今更、決めたことを翻す上さまではない。余計なことをすると、そなたまでが武田への内通を疑われるぞ」

いかにもその通りであろう。

「上さまは、一つの区切りをつけたいのかもしれぬ」

達観した表情で信元は語った。

「区切り……」

家康は首を傾げた。

「来年早々にも、上さまは家督を嫡男の信忠さまに譲り、岐阜から近江の安土に移る。織田家当主は信忠さまとなる。むろん、上さまの隠居などは形だけ。引き続き、政を行われるのだ。信忠さまにとって、わしは邪魔だと見なしたのかもしれぬな」

信元の推察に家康も同意した。

信長は以前にも増して苛烈さを増している。火の粉が徳川家に降りかからなければいいのだが。

信元は切腹し、刈谷城と水野家の所領は佐久間信盛に与えられた。

翌天正四年、亀姫は奥平信昌に嫁いだ。

信長は家督を嫡男の信忠に譲り、近江の安土に移った。織田家の当主は信忠になったのだが、水野信元が言ったように信長は隠居したわけではない。織田家の当主から天下の主へとなるつもりなのだ。

それが証拠に新たに普請する安土城には本丸に七重の高さを誇る天主を創るそう

だ。信長は天主に住むのだろう。

信長の天下一統は進むだろうが、瀬名はこれに勢いを得て家康にも信康への家督譲渡を迫るのではないか。

岡崎の様子が気になる。

近頃耳にする信康の評判は悪いものばかりだ。とにかく、素行が荒々しいという。野駆けに行き、自分の前を横切った領民を斬ったとか、農民の娘を犯した、さらには侍女を斬り捨てたらしい。

事実とすれば数正と親吉は何をやっている。二人は強く諫言したのかもしれないが、瀬名はどうだろう。まさかとは思うが、信康の振る舞いを猛々(たけだけ)しい若武者だと誉(ほ)めそやしてはいないだろうか。信康を増長させるような言動を繰り返してはいないだろうか。

信康のことは気になるが、近頃の家康は三河西川(にしかわ)城城主、西郷清員(さいごうきよかず)の養女、お愛(あい)に夢中になっている。何より、お愛は見目麗しい。遠くから見ても、お愛は輝いていた。

口数は少なく、家康の話に耳を傾けてくれる。ついつい、愚痴めいたことまでお愛にならば語ってしまう。

お愛は書籍を読むのが好きで、そのせいか近眼である。近眼ゆえか、家康を探し求める目が必死さを帯び、愛(いと)おしさをかき立てる。

最早、お愛を思わない日は、いや、時はない。

お愛と楽しく過ごし、鷹(たか)狩りに勤(いそ)しむ。その間にも武田勝頼は遠江を侵している。じりじりと攻め取られ、遠江は徳川領とは言えなくなった。高天神城を奪われた時には家中に衝撃が走った。

苦難の日々であるだけに、お愛とのひと時は何ものにも代え難くなっていた。

勝頼に徳川領を侵されていることをお愛への耽溺(たんでき)のせいにはしたくない。

お愛への思いと武田侵攻の現実に悩みながら家康は浜松城本丸御殿の書院に酒井忠次を呼んだ。

勝頼は信玄の跡を立派に守っている。長篠で大敗した時は、信玄の七光りが消えたと思ったが、どうしてどうして武田の強勢は衰えず、徳川領をおびやかしている。それが証拠に何処の土豪が武田に内通したとか、寝返ったという噂が毎日のようにもたらされている。

長篠の敗戦から勝頼は武田家を建て直し、信玄在世時よりも領国を拡大しているのだ。不幸中の幸いと言うか、長篠で信玄以来の名将、武将が討死を遂げたことが勝頼をして信玄子飼いの武将団から勝頼独自の武将団を形成させる後押しをしている。勝頼は信玄の頸木を離れ、思うがままに振舞っているのだ。

その結果、遠江、三河の多くの領地を侵食し、北条とは上野を東西で分け合った。

この為、武田は信玄在世よりも増して甲信越を中心に巨大な版図を誇っている。


　忠次と絵図面を眺めながら家康は嘆息した。

勝頼によって落とされた三河、遠江の諸城を朱色の筆でバツ印を付けていった。

武田の勢力にむしばまれた徳川領国を武田が巨大な暗雲のように圧伏している。

三河、遠江二カ国の大名などとは到底名乗れない。

じわじわと真綿で首を絞められそうだ。

事態を打開しようと家康は相模小田原の北条氏政と盟約を結んだ。


「上さまは、今後いかに軍勢を進められる」

　家康は信長の領国を見やった。


　信長は美濃、尾張を本国とし、越前、近江及び畿内一帯を制圧している。日本の中原を征していた。領国内に存する数多の荘園、寺社領も支配下に治め、武家勢力を今までにない程に大きくしてもいた。信長が一国全てを支配し、寺社、公家の荘園、土豪の所領を安堵するという形で、信長は、「一円支配」と呼んでいる。

「天下布武」という信長の印判は様々に解釈されるが、家康は天下を武家が統べる意味だと信長から聞いた。日本中の国々は禁裏（きんり）、公家、寺社、武家の領地が入り乱れている。信長は、「一円支配」という名の下に、国々の支配は武家が行い、武家から禁裏、公家、寺社に分け与える世にしたいと考えている。戦国乱世、力を持つ武家が治めなければ、世は鎮まらない。

信長は武家が天下を治め、秩序をもたらして禁裏、公家、寺社と共存しようと構想しているのだ。

それが、「天下布武」であった。

家康は信長の壮大な構想を夢物語と思ったが、足利義昭追放後の信長に従う内、信長に同調し、「天下布武」を実現したいと真剣に考えるようになっている。

「上さまは安土にあって、戦は織田家の武将衆に任せておられますな」

忠次は北陸を指差し、

「越前から加賀（かが）、能登（のと）、越中（えっちゅう）、そして上杉には柴田勝家殿」

続いて丹波（たんば）を指し、明智光秀に丹波攻略を任せていると続け、

「そして、播磨（はりま）は羽柴筑前（はしばちくぜん）殿ですぞ」

木下藤吉郎は出世を重ね、近江長浜（ながはま）城主となり、播磨の攻略を任されている。信康と徳姫の婚礼の席でいかがわしい精力剤をくれた木下藤吉郎は羽柴筑前守秀吉（ひでよし）となり、今や織田家有数の武将だ。

「羽柴殿は、播磨はおろか中国の毛利(もうり)まで攻め取ると大言壮語しておる、とか」

忠次は秀吉が大法螺(おおぼら)吹きだと笑った。

家康はうなずくと、

「しかし、上さまの最大の敵はここじゃな」

と、摂津(せっつ)大坂の地を指差した。

大坂本願寺である。

伊勢長嶋、越前で壊滅した一向宗であったが、大坂の本願寺本部は巨大な城塞の如き様相で織田の大軍と対峙(たいじ)している。

「毛利は水軍を使って本願寺に兵糧を入れているそうで、上さまは毛利の水軍と戦うべく準備をなさっておられるとか」

「織田勢の手助けはあてにできぬな。自力で武田勢を押し戻すしかない」

家康は決意を新たにした。

「今こそ、徳川家は一つとならなければならないですが」

忠次は不安な表情を浮かべた。

聞かなくてもわかる。

「信康か」

家康は問いかけた。

「どうも、信康さまの評判はよろしくありませぬな」

忠次は苦悩の表情を浮かべた。

四

憂鬱な空気が晴れるのはお愛との睦言である。

「何か望みはないか」

いつものことながら、家康の問いにお愛は小さく首を横に振り、遠慮を示すばかりである。いささか、物足りなさを感ずるが気遣う必要のない分、家康は安らぎを感じる。

家康はお愛との寝物語を楽しんだ。

お愛は従兄弟の西郷義勝の継室となっていた。義勝は元亀二年（１５７１）武田の武将、秋山虎繁との合戦で討死を遂げる。お愛は義勝との間に一男一女をもうけていた。

家康はお愛と同衾する前、必ずお愛の身体をじっくりと見る。子供を産んでもお愛の身体は生娘のように瑞々しい。

椀を伏せたような乳房は少しも垂れておらず、腹から腰にかけてしっかりとくびれ、それが形の良い尻の美麗さを際立たせている。股間の茂みは薄く、乙女のような恥じらいを主張していた。

肌はすべすべと張りがあり、太り肉の家康の身体と絶妙に絡む。まさしく肌が合うのだ。

しかも、お愛は後家だけあって夜伽に長けている。家康の欲望に身を任せながらも己が色欲を満たす。そうすることが家康の更なる淫情をかき立てることを知っているのだ。

家康は初めて男根を口で愛でられた。

ある夜、情交を終えた家康が心地よい疲労に包まれながらしとねに横たわっていると、お愛は気だるそうに身を動かし、家康の下半身の傍らに寝そべった。

「いかがした」

怪訝に思い、家康が問いかけるとお愛は無言のまま微笑み家康の陽物を握った。

「今しばらく待て。程なくすれば、倅は健やかになる」

家康は宥めたが、お愛は両手で家康の幼子を包み込むと口の中に含んだ。

「おおっ……」

予想外の展開に家康は戸惑った。

お愛の舌が亀頭に絡み付く。ぬるりとした感触と心地よい温かさで息子はあっという間に元服した。

亡き夫に仕込まれたのかお愛は天性の床上手なのか、家康は西郷義勝に嫉妬し、猛然たる対抗心に燃え立った。口数の少ないお愛だが、言葉に勝る性技を備えている。

負けぬぞ。

お愛との枕合戦に打ち勝つべく家康は半身を起こした……

信康は武田勢との合戦に出ることになった。

信康の乱行につき、服部半蔵に探索をさせたところ、いずれも根も葉もない噂に過ぎない、とわかった。ただ、半蔵によると噂の出所がわからないという。武田による攪乱(かくらん)なのかもしれないが、確証は得られなかったそうだ。石川数正も平岩親吉も信康の乱行は知らないと言っていた。信康を庇っていると勘繰ったが、半蔵の調べでそうではないとわかり、改めて数正と親吉を信頼した。

半蔵は引き続き、出所を確かめると申し出た。ともかく、信康の濡れ衣が晴れて安堵した。

信康が浜松城にやって来た。

大広間での軍議の後、家康は信康と書院で語らった。土豪たちに岡崎に構えさせた武家屋敷は閉じられ各々の領地に帰った。

信康は家康の意向を汲み取ってくれたようだ。これまでのわだかまりが和らぎ、家康は親子の語らいができると思った。

瀬名がいないのも幸いだ。

「お徳とは睦まじくしておるか」

家康はにこやかに問いかけた。

信康は首肯してから、

「近々、側室を持とうと思うのです」

態度と裏腹の言葉を信康は言った。

「仲睦まじいのではないのか」

訝しむと、

「よろしいですとも。ですが、お徳は女腹でござります」

徳姫は一昨年と今年、立て続けに姫を産んでいる。

「まだ、信康もお徳も十九ではないか。この後、男子が産まれる可能性は十分にあるのだぞ」

家康は落ち着いて問いかけた。

「お言葉ですが、このまま姫ばかりが産まれる可能性もあります。男子を産むには側室を置くのがよいかと存じます。徳川家繁栄の為でござります」

家康に賛同されることを微塵の疑いもなく信康は言った。

「徳川家の繁栄には姫も貢献するのだ。実際、そなたの妹、お亀は長篠城主奥平信昌に嫁ぎ、徳川と奥平の絆を深めてくれておる。奥平家は武田の遠江侵攻の楯となってくれておるのじゃ」

家康の言葉に信康は理解を示しつつも、

「ですが、やはり男子がいないことには……」

頑なに側室を持とうとしている背景には瀬名がいるのだろう。瀬名が側室を置くのを勧めているのだ。加えて、瀬名は未だに今川義元を討ち取った信長への遺恨を捨てていない。信長の娘、徳姫が疎ましいのではないか。

「側室を持つこと、母上の勧めか」

家康が確かめると、

「母上も勧めましたが、それがしが決めました」

あっけらかんと信康は答えた。

「お徳は承知しておるのか」

この問いかけには信康は若干の戸惑いを示した後、開き直ったように胸を張って語り始めた。

「聞くまでもないことです。男子が産まれないからには側室を置いてしかるべし。父上もお万殿やお愛殿を側室とされる際、母上に了解など得なかったでござりましょう」

瀬名はお万どころかお愛の存在も知っているようだ。

「それは、そうじゃが……」

家康は言葉を濁した。

「父上は織田殿を憚（はばか）っておられるのでしょう。ですが、織田殿も子は沢山作れ、とおっしゃっておられ、側室も数多置かれておられます。それがしが側室を持ったとて批難はなさりませぬ」

開き直りではなく、信康は心底からそう思っているようだ。

痛い所をつかれ言葉を発せられないでいると、

「父上、本日は是非とも会ってもらいたい者がおります」

信康は話題を変えた。

「ほほう、そうか。誰ぞ腕の立つ豪の者でも召し抱えたか」

家康も気持ちを切り替えた。

信康はそれには答えず、

「少々、お待ちください」

と、信康は廊下に出ると何やら指示を与えた。

数多の牢人（ろうにん）を召し抱えるつもりであろうか。

家康は窘めようと思った。素性の知れぬ者を側（そば）近くに仕官させてはならない。

すると、幼子の声が聞こえる。

奇異に思った時、信康が幼子の手を引いて入って来た。

「父上、於義丸（おぎまる）でござります」

信康は幼子を紹介した。

於義丸、すなわち、お万の子、信康の異母弟である。

お万には名前だけ与えて対面はしていない。双子ということもあるが、正直、瀬名への後ろめたさからであった。お万自身もめっきりとふさぎ込み、家康を避けているのだ。

それなのにどうして信康が連れて来たのだ。

「於義丸、父上に挨拶を」

信康に促され、

「於義丸でござります」

たどたどしい口調で於義丸は挨拶をした。

家康は笑みを浮かべたが引き攣ってしまった。

於義丸はくりくりと動く眼で家康の愛情を求めているかのようだ。家康は於義丸を招き寄せた。信康が於義丸の手を引き、家康の近くまで連れて来る。

家康は於義丸を抱き上げた。

幼子のつるつるとした肌が於義丸への慈しみとお万への罪悪感を呼び起こす。ひとしきり抱いてから於義丸に、

「達者でな。早く大きくなるのじゃぞ。父を助けてくれ」

と、声をかける。

続いて信康が、

「兄の力にもなってくれ」

と、頭を撫で廊下に連れ出した。

信康は書院に戻って来た。

いかにもよいことをしたというような晴れやかな表情だ。

「信康、どういうつもりじゃ」

これは嫌がらせかと家康は受け止めた。瀬名の家康に対する悪意としか思えない。

「父上、それがしは於義丸が不憫と思い、お引き合わせしたのです」

信康は兄として家康との対面ができていない異母弟を哀れみ、対面の機会を持っ

たのだった。

「前以てわしの了解を得るべきではないのか」

怒りを抑えながら確かめる。

「そのことはお詫(わ)び申し上げます。ですが、それがしは父上を喜ばせ、驚かせたかったのです」

それは嘘(うそ)偽りのない心境なのだろう。

「母上は存じておるのか」

「母上には話しておりませぬ。それがしの考えで行いました」

兄としての振る舞いをしたかったのだろう。案の定、信康は続けた。

「これからは、益々(ますます)徳川家が一つにならねばなりませぬ。兄弟の結束も必要と存じます」

賢(さか)しら顔で語る信康が恨めしい。

「うむ、信康の申す通りじゃ」

言葉とは裏腹に家康の気持ちは冷めてゆく。

「お役に立ててうれしゅうござります」

信康は満足そうに一礼した。

「わしもじゃ」

家康は信康との対面を締め括った。

信康が出て行ってから石川数正が入って来た。

「於義丸のこと、そなたが教えたのか」

顔を見るなり問いかけた。

「それがしではござりませぬ」

数正は否定した。

「ならば、誰じゃ」

腹立ちを数正にぶつける。

「誰かは存じませぬ。ただ、こうしたことは、人の口に戸は立てられませぬ」

数正の言う通りだろう。

家康は爪を嚙んだ。

「殿、信康さまのお気持ちを汲み取ってくだされ」

数正の具申に、

「わかっておる」

家康も信康のしたことは腹立たしいが正義感ゆえのことだ。どうも、信康の行いには瀬名の影を見てしまう。それが、信康への評価を悪くしているのだ。

「そうじゃな。わしも大人げなかった。信康は信康なりに徳川家を思って行っておるのじゃ。うむ、ようやった」

　家康の言葉に数正もほっと安堵の表情を浮かべた。

五

　天正七年（1579）の四月、お愛が男子を産んだ。お万の双子の一件が脳裏にこびりついている。

　しかし、それは杞憂に過ぎなかった。

　お愛は玉のような男児を出産した。後の二代将軍徳川秀忠である。

　赤子を横に横たわるお愛はにこやかな笑みを浮かべているものの、決して多くは語らない。男子を産んだというのに少しも誇らない。

　ただ、わが子を慈しむような眼差しは母親の責任を感じさせた。家康も素直に男子誕生を喜べた。幼名を長松と名付けた。

　束の間の幸せを家康は嚙み締めた。

　しかし、事態は思いもかけない具合に展開していった。

家康は長松誕生を受け、岡崎城を訪れた。於義丸とは違い、瀬名にも隠し立てをすることなく長松の誕生を報せようとした。

瀬名と信康、徳姫を呼び、長松の誕生を伝える。

「おめでとうございます。二番目の弟が出来て、うれしゅうございます」

信康は祝福の言葉を述べ立てた。

徳姫は暗い表情だ。

瀬名は家康を咎めることなく、

「信康、父上に負けてはなりませんぞ」

冗談めかして言ったが、徳姫の悲しそうな顔を見ていると、どうやら、信康は側室を持ったようだ。

女腹と蔑まれ、徳姫は辛いに違いない。

「おお、そうじゃ。お徳、信康、姫を抱かせてくれ」

家康は気遣いを示した。

信康が二人の姫を連れて来るよう家臣に命じた。家康は連れて来られた二人の姫を抱き上げた。

夕涼みをした。

本丸御殿の濡れ縁に座し、庭を眺めている。若草が芽吹き、茜空(あかね)を鳶(とんび)が弧を描く。

信康が和歌を詠むという。瀬名と共に曲水の宴を行うのだとか。

庭に立つ信康は立て烏帽子を被(かぶ)り、白い狩衣に身を包んでいる。白粉(おしろい)を塗り、眉を引いてお歯黒も施している。すらりとした信康にはそれがぴったりと似合い、都の貴公子然としていた。

その横顔を見て家康はぞっとした。

今川義元を思い出したのだ。瀬名は信康の手本を義元として育ててきたのだろう。

「信康……」

家康は強い不満と恐れを抱いた。

そこへ、瀬名がやって来た。

瀬名のことだ。信康の貴公子ぶりを歯の浮くような言葉で賛美するだろうと白けた気持ちでいると、

「信康、何ですかその格好は！」

と、顔色を変えて怒声を浴びせた。

意外な瀬名の態度に家康は驚いたが信康も唖然(あぜん)としている。

「あなたは武士なのです。都の公達を真似(まね)てどうするのですか。すぐに着替えなさい。化粧も落とすんです」

厳しい口調で瀬名は命じた。

信康はすごすごと立ち去った。家康は瀬名を見返す。瀬名は無言で庭を眺めていた。

家康の福耳が萎(しぼ)んだ。

胸がかきむしられ、信康の顔が霞(かす)んで見えた。

六月になり、お愛の養父、西郷清員が浜松城に挨拶にやって来た。清員は酒井忠次の妹婿でもある。忠次も立ち会った。

「殿、おめでとうございます」

清員は恭しく挨拶をした。

「お愛、でかしたぞ」

家康も諸手(もろて)を上げて喜びを示した。

「まこと、慶事でござります」

忠次も強調した。

「わしも徳川家にお役に立てて末代までの誉でござります」

素朴な国人領主らしい清員は、心の底から忠誠を示しているようだ。

ここで忠次が、

「岡崎の塩梅はいかがでございましたか」

つまり、瀬名の機嫌を問うている。

「うむ、瀬名にもちゃんと話をした。瀬名も特に目くじらを立ててはおらぬぞ」

家康は言った。

「それは何よりでございます」

答えながらも忠次は不安そうだ。清員も瀬名を気にしている様子である。

「瀬名とて、側室の産んだ子を敵視してはおらぬ」

安心しろ、と家康は清員に語りかけた。

「はあ、であればよろしいのですが」

清員は不安が去らない様子だ。

家康はちらりと忠次を見た。

「奥方さまと信康さまにつきまして不穏な噂が流れているのです」

忠次は言った。

「岡崎に独自の家臣団を創っておるということか。じゃが、土豪どもは、各々の領地に帰らせたではないか」

家康は問い返した。

「より不穏な噂でございます」

忠次は言い辛そうだが家康に促され、

「奥方さまと信康さまが武田に内通しておる、というのです」

答えてから、

「らちもない噂ですが」

と、一笑に付したが先程からの雲った顔が放置できない噂であることを窺わせる。

「佐久間殿か」

佐久間信盛による讒言(ざんげん)ではないのか。水野信元の時と同様である。

「佐久間殿とは限りませぬ。誰からともなくそのような」

「武田の間者がばらまいておるのだろう。徳川を内から攪乱させる為にな」

家康の考えに、

「そうでありましょうとも」

納得させるように忠次は賛意を示した。清員もうなずく。

「家中、動揺しておるのではないか」

武田の攪乱戦法に動揺していないか、家康は何よりも心配である。

「家中の動揺は我らで押さえるとしまして、心配なのは上さまのお耳に入ることでございます」

忠次の言う通りだ。

「上さまの耳に入るのは避けられぬ。いや、もう既に入っておるであろう」

　家康の見通しは当たった。

　七月に入ると、家康は信長からの書状を受け取り、早速忠次と協議に入った。

「やはり、上さまのお耳に信康と瀬名のことが入った。忠次を安土に寄越せ、と申し越しておられる」

「承知しました。濡れ衣である、ときちんと申し開きをしてまいります」

　忠次は請け負った。

　家康は悄然(しょうぜん)たる表情を浮かべた。それを見た忠次が、

「殿、弱気になっておられるのではござりませぬか」

「伯父上の一件があるゆえな」

　水野信元も武田への内通を信長に疑われたのである。

「思えば水野殿も濡れ衣であったかもしれませぬな。武田内通の真偽よりも、水野殿排斥が肝であったのでしょう。信康さまは上さまにとりましては娘婿でござります。信康さまと徳姫さまは織田と徳川の鎹(かすがい)なのです。水野信元殿とは違います」

　だから、心配ないと忠次は家康の杞憂を払拭せんとしてか明るい調子で言い添えた。

「そうあって欲しいのう」

家康は自分自身を納得させるように呟（つぶや）いた。

奥向に渡った。

お愛と於義丸を見る。於義丸はすやすやと寝入っていた。お愛は今日も無駄口は叩（たた）かず、家康を迎える。

「早く大きくなれ」

家康は於義丸に語りかける。

お愛は慈しむような笑顔を向けたままである。それでも、何か話をしなければならないと思ったのか、

「酒井さまが安土に行かれるとか」

と、言った。

「そうじゃ」

信康の話題は避けようと短く答えた。

「安土の御城はとても大きいそうですね」

遠慮がちにお愛は言った。

「天主という七重の楼閣が建てられた。お愛も見てみたいか」

「いいえ」

お愛は首を左右に振った。

「見たくないのか」

「なんだか怖いです。空にも達するような高い建物など、怖いです」

「そうか、恐いか……そうじゃのお。わしも高い所は苦手じゃ」

お愛が可愛くなり、家康はごろんと仰向けになった。

疲労が押し寄せてくる。

戦場を疾駆したくなった。裏切り、奸計は世の常だが気分が悪い。

七月の半ば、忠次が戻って来た。

本丸御殿の奥書院で報告を受ける。

「上さま、信康さまの処分は殿に任せる、とおおせでござりました」

結論から忠次は報告した。

「そうか……」

答えたが信長の真偽がわからない。

「上さまは、信康が武田に内通しているとお疑いなのか」

「半信半疑のようでした」

忠次は答えてから、

「迷っておられるようでしたな」

信長は信康が武田に内通しているのかどうかという勘繰りもさることながら、信康を処罰された場合の影響を考えているのだという。

「徳川との関係が悪化するかもということか……なるほど、信康を処罰することで徳川の反発を招き、武田に走られては元も子もないものな」

家康の推察を受け、

「加えて、上さまは信康さまの武勇を気にかけておられます」

忠次は言い添えた。

「ほう」

「御嫡男の信忠さまと比べられることを気にしておられるとか」

信忠は温和な人柄と言われ、父のような猛々しさはなく、万事をそつなくこなすものの、際立った活躍もない、という可もなく不可もない人物だそうだ。対して信康は一廉(ひとかど)の武将としての片鱗を見せている。それを信長は気にしている。

「信康さまを処罰すれば、上さまは私心で処罰したとみられることを気にしておられるのです」

忠次の見通し通りであろう。

「信康を処罰したなら、信忠殿を貶めることになる、とお考えということか」

信長の考えがわかるような気がする。

自分が関与したのではなく、あくまで家康の意志で処罰したということにしたいのかもしれない。

「上さまは殿の裁量に任せておられるのです。ならば、信康さまは濡れ衣であったと報告なされればよろしいと存じます」

忠次の進言はもっともだが……。

「そう簡単にゆくものか」

家康は懐疑的である。

「殿、信康さまを失うわけにはいきませぬぞ」

忠次は声を励ました。

それをいなすように家康は間を取ってから返した。

「信康じゃが、徳川家中の者は信康を主と仰ぐことに躊躇いはなかろうな」

忠次は一瞬、言葉を飲み込んでから、

「むろんのこと、立派なお世継ぎと」

と、早口に答えた。

「そうかのう」

家康は虚空を見上げた。

「……それは」

忠次は息を飲む。

「於義丸……」

お万の産んだ次男坊の名を家康は口に出した。

「まだ、六つではござりませぬか。それに……」

忠次が言い淀んだのは於義丸が双子で生まれた因縁であろう。

「ならば、長松では」

家康が言うと、

「お産まれになったばかりですぞ」

忠次は否定した。

「信康は二十一じゃな。ここまで跡取りとして育ったのじゃが、果たして徳川家を任せてもよいものか」

家康は迷いを示した。

忠次は家康の本意がどこにあるのかを窺っている。

「聞き方を変えよう。わしがすぐに隠居しても徳川家は盤石か」

家康は忠次を見た。

「それは……」

忠次は躊躇っている。

三河も遠江も武田に侵食されている。武田に奪われた領地と城を奪い返すには信康を頭領としてよいのであろうか、と忠次は悩んでいる。

家康は続けた。

「かりに、隠居をするとして、信康の相談役となる。つまりじゃ、政と戦の際にはわしも信康に意見を申す」

「つまり、形ばかりの隠居でござりますか。上さまのように」

「そうじゃ、いかに思う。忠次、腹を割れ。徳川家の将来がかかっておるのじゃ。遠慮がちな考えなど不忠であるぞ」

家康は目を凝らした。

忠次はうなずき、

「信康さまのご気性からして、殿の意見をいらぬ口出しと反発なさるのではござりませぬか」

「やはりのう……それに、信康には瀬名がついておる」

家康は嘆息した。

「信康さまは築山殿のお言葉ならば聞き入れるでしょうな」

「瀬名と信康か」

「まずは、信康さまと築山殿の武田への内通が濡れ衣であると明らかにすべき、と思います」

忠次の進言に家康はうなずいた。

六

家康は岡崎城にやって来た。

ただちに、奥向で瀬名と面談に及んだ。瀬名は家康の来訪を待ち構えていた。

「わたくしが武田に内通しておるとお疑いなのですか」

瀬名は切り出した。

「そうなのか」

真顔で問い直す。

「武田に内通などしておるはずがございませぬ」

瀬名は傲然(ごうぜん)と言い返した。

「根も葉もない噂に過ぎぬのじゃな」

「わたくしと信康を快く思っておらぬ者の仕業でございましょう。三年前、信長殿は水野信元殿を武田に内通したとして所領没収の上に切腹させました。今回も武田への内通などという言いがかりをつけてきておるのです」

　さらりと瀬名は言ってのけた。

「もし、安土に行き、上さまの前で申し開きをすることになったら、そのことはっきりと申せるな」

　家康は確かめた。

「嫌でございます。安土になんぞ行きたくありません。信長の顔なんぞ見たくありません」

　強い口調で瀬名は拒絶した。

　家康は問を重ねた。

「信康が呼ばれてもか」

　瀬名はきっとなり、

「安土にまいれば、信長はわたしに申し開きの機会など与えず、わたくしを……それに信康の命も奪うに違いありません」

　瀬名は言った。

「いくらなんでも、そんなことはなさらぬ。そんなことをしたら、徳川は織田から離れてしまうだろうと、上さまも危惧なさるはずじゃ」

「わたくしと信康を討ち取ったのを機に徳川を攻めるかもしれませぬぞ。信長の恐ろしきところは早きことです」

なるほど、信長が徳川を滅ぼそうと考えるなら、瀬名の見立ては一理ある。信長のことだ、疾風のように三河に攻め込むだろう。尾張と三河の国境の刈谷は織田家の宿老佐久間信盛の所領となっている。その気になれば、格好の橋頭堡となる。信盛は七年前の武田信玄侵攻の際に、浜松城まで援軍にやって来た。信長が三河、遠江を攻めるなら先陣を任されるに違いない。

「殿、信長からわたくしと信康を殺せと命じられたらいかがされますか」

両目を吊り上げ瀬名は問うた。

「上さまは、そんなことはお命じになられぬ」

家康は首を左右に振った。

「そんなはずはありません。きっと、わたくしと信康を殺せ、と申してくるはず……それとも、もう既に命じられたのですか。酒井忠次が安土に呼ばれた、とか。殿、はっきり申してください。本日、いらしたのは、わたくしを……」

瀬名は家康を見返した。

瀬奈の視線から逃れるように家康は虚空を見つめた。

「どうか、信康はお助けください。わたくしの命に代えてお願い致します」

瀬名は両手をついた。

瀬名が頭を下げた。

しかし、決して自分を畏敬してのことではない。信康を助けたい一心なのだ。その為には蔑んできた自分にも頭を下げるのである。

瀬名の頭には信康しかいない。

そして、今川の誇りである。

信康は瀬名の愛情と今川義元の誇りの結晶なのである。

「そなたの命は取らぬ……しかし、信康は」

自分でも冷めた口調だと家康は気づいた。瀬名は顔面蒼白(そうはく)となった。

「信康は殺す、とおっしゃるのですか」

瀬名は表情を強張(こわば)らせた。

「そうするしかあるまい」

冷めた口調で家康は言った。

「それほど信長が怖いのですか」

一転して瀬名は責め立てた。

「上さまは恐ろしいお方である。じゃがな、それゆえ、信康に死んでもらうわけではない」

「武田に内通しているとおっしゃるのですか。何度も申します。まったくの濡れ衣でござります」

必死の形相で瀬名は繰り返した。

「そうであろう。信康は武田に寝返りなどはしない」

家康は信康を信じるような言葉を発した。

家康の真意が読めないようで瀬名は困惑した。

「武田につくはずがない。そなたが許しはしないからな」

続けて家康は謎めいた言葉を続けた。

「もちろん、わたくしは武田になんぞ寝返らせることはさせませぬ」

瀬名は家康の意図がわからず不安そうに顔を歪めた。

「それで、何故、信康の命が奪われるのですか」

瀬名は恐れを含んだ目をした。

「わしに聞かずとも、そなたにはよくわかっておるはず」

勿体をつけるように家康は言葉を区切った。

瀬名は言葉を発せられない。

「武田は上さまと共にそなたの仇じゃからな。今川を滅ぼした。おおっと、今川は滅びてはいないのであったな」

「はい……氏真殿がおられます」

「氏真殿は生き残っておられるが、そなたは義元公の跡継ぎとは見なしておらぬであろう。蹴鞠にうつつを抜かす軟弱な公家かぶれと、蔑んでおろう。生き恥を晒すべきではない、と申しておったではないか。その点、信康なら……信康こそが今川の誇り、そして義元公の正統な血筋を伝える者とわかっておるはずじゃ」

淡々と家康は述べ立てた。

瀬名は顔を引き攣らせ、小声で言った。

「信康には確かに今川の誇りを失ってはならぬ、と教えて参りました」

「それは何故じゃ」

「義元公に尊崇の念を抱いておるからです。殿も義元公の偉大さはよくご存じのはずです」

瀬名は必死で言い立てた。

「わしは義元公に感謝の念と尊崇の念を抱いておるが、徳川家を差し出すつもりはない。徳川家を継がせるつもりはない」

野太い声で家康は断じた。

「どういう意味ですか」

瀬名の声がか細くかすれた。

「信康はわしの子ではない。今川義元の子じゃ！」

家康は瀬名の目を見据えた。

「お、お戯れを」

瀬名は身を仰(の)け反(ぞ)らせた。

「そなたは義元公の子種を身籠(みごも)ったのじゃ。わしに偽ってな。義元公とな」

「そんな……」

瀬名はうつむいた。

「初夜の寝間でそなたはわしが上になることを頑なに拒んだ。お腹(なか)の子に障ることを恐れてのことであろう」

それを許したことが、家康と瀬名の関係を創っていったのである。

「信康はわしに似ぬ男前。貴公子然としたたたずまい。日に日に義元公に似てくる。いつか、和歌を詠んだ時、わしはもしやと疑った。狩衣姿の信康は義元公であった。あの時、そなた、厳しい口調で信康を叱ったな」

そのような格好をするな、と瀬名は信康を叱責した。

むきになっていた。

奇異に思ったものだ。

家康に信康が義元にそっくりなことを気づかせない為の処置であったのだろう。

「今川義元の子に徳川家を継がせるわけにはまいらぬ」

家康は強い口調で言った。

「……」

瀬名は唖然として家康を見上げた。

「信康の猛々しさが耳に入ってくるようになった。侍女を斬った、馬の前を横切った領民を斬った、百姓娘を犯した、などとな。しかし、服部半蔵に探索させたところそれは根も葉もない噂だとわかった。その噂が出ることに、わしは当初、火のない所に煙は立たぬ、とおかしな気にもなった。だが、それは、そなたが流したものであったのであろう」

家康の推論に瀬名は返事をしない。

「全てはそなたが流した。猛々しい一面を持った荒武者信康、今川義元とは似ても似つかぬ荒武者だとわしには思わせたかったに違いない」

家康の推論に瀬名は口を閉ざしていたが、

「もはや、隠し立ては致しませぬ。信康は義元公の子です。ですが、同時に徳川の跡継ぎでもあるのです」

胸を張って言い立てた。

「信康を跡継ぎになど決めておらぬ」

冷然と家康は告げた。

「殿は跡継ぎにするとおっしゃいましたぞ。双子の一人か生まれたばかりの赤子を徳川の跡継ぎになさるのですか」

金切り声となって瀬名は責め立てた。

「徳川家の跡取りはわしの血を引く者でなければならぬ。今川義元の子が継いだのでは、徳川家は再び今川の傘下に入ることになるのじゃ」

家康は言った。

「殿は約束を反故にされました。やはり、嘘偽りの方だったのですね」

瀬名は家康をなじった。

「それを申すなら、そなたとて同様。そなたはわしを二十年に亘って欺いてきたのではないか」

冷めた声で家康は返した。

「……わかりました。どうぞ、お好きなようになされませ」

諦めたように瀬名はうなだれた。

家康は奥向を出ると書院に入り、石川数正を呼んだ。

「瀬名と信康の濡れ衣、晴れそうにない。いや、上さまは濡れ衣を承知で信康の切腹を求めておるようじゃ」

悔しそうに家康は言った。

「それは困ったものですな」

数正も苦悩した。

「今、信康を処罰せねば、徳川は上さまに潰される。いや、織田勢が徳川の領国に攻め入ってはこないにしても見放される。織田と手切れになれば武田に滅ぼされる」

家康の言葉に数正はうなずき、

「お見通しに賛同致します」

数正は深々と頭を下げた。

「まずは、瀬名を何とかしなければな。瀬名は信康の死を知る前にあの世に送ってやるのがよかろう」

「それにも同意致します」

再び数正は首を垂れる。

「一切の手配りはそなたに任せる。徳川家の為に、心を鬼にしてくれ」

「今回の不始末、責任の一端は数正にござります」

城代としての責務を数正はわびた。

「数正、そなた気づいておったか」

問いかけてから、それが信康の武田への内通なのか今川義元の子なのか、どちらか、自分でもわからなかった。

「信じておりました。根も葉もない噂であると」

数正は武田への内通を確かめられたつもりのようだ。

「そうか」

それ以上、家康も追及しなかった。

八月二十九日、築山殿は武田への内通により、斬首された。首級は安土城へ送られ、信長の首実検を受けた。

続いて九月十五日、遠江二股城に幽閉されていた信康は切腹した。

家康は名実ともに今川義元の頸木から解き放たれた。

達成感も満足感もない。

虚(むな)しさだけが家康の心中を支配した。

第五章　小牧長久手の戦い　―精気万全―

一

世の変遷は激しい。

瀬名と信康を失ってから徳川家臣団は家康の下に統制された。武田の脅威も薄れてゆき、天正九年（１５８１）の二月には高天神城を奪い返すことができた。武田勝頼は高天神城に援軍を送ることができず信用を大きく失墜した。

翌十年の三月、武田家は織田、徳川、北条連合軍によって滅ぼされた。信長は武田の防波堤となった家康の功に報いる為、駿河一国を与えた。しかし、北条氏政には働きが悪い、と寸土も与えなかった。

武田滅亡により、信長の天下一統は大きく進んだ。関東から奥羽の諸将の多くは信長に従う意志を示し、九州の島津、大友とも誼を通じている。表立って敵対するのは中国の毛利、四国の長曾我部、越後の上杉だけである。それらも、信長は征討軍を派遣し、天下布武の完成を視野に置いた。

しかし……。

天地がひっくり返った。

六月二日の払暁、信長逗留中の本能寺を織田家の重臣明智光秀が襲撃、信長は自刃して果てた。

信長の招きで堺を見物していた家康は僅かな供と共に命からがら岡崎に生還した。その後、信長を失って混乱した甲斐に侵攻、信濃と併せて領国にした。

武田に怯えていた家康は半年を経ず、三河、遠江の国主から、駿河、甲斐、信濃を加えた五カ国の太守となったのである。

天正十一年の秋の夜、家康は浜松城本丸御殿の寝間で側室と語り合っていた。武田の旧臣の未亡人で須和という。夫は信玄の異母弟一条信龍に仕える神尾忠重であった。忠重との間には二人の男子をもうけたが、六年前の天正五年（1577）に死別した。取り立てて美人ではなく、愛嬌もないのだが、やり取りが面白い。学問好きなばかりか武家の出のせいで兵法にも詳しい。武芸の稽古も怠らない女で、家康と長刀の稽古をする。

時にまぐわいを忘れ、家康は須和と様々な話題で夜を過ごしている。

「世の移り変わりは激しいものじゃのう」

須和の膝枕でしみじみと家康はつぶやいた。

「おや、また、独り言ですか」

須和はにっこりと笑った。

家康は半身を起こし、

「世の変遷があまりにも激しい。まさか、わしが五カ国の太守となるなど、思ってもいなかった、と感慨に耽ってしまったのじゃ」

真顔で語りかけた。

「殿は武運が強うございますな」

須和は返した。

「五カ国とはのう……」

うれしいやら信じられないやら。

領国ばかりか側室の数も増えた。

「信長公がまさか討たれようとは」

須和は本能寺の変を話題にした。

「まったくじゃ。わしは、信長公によって戦のない世がくると思っておった。信長公の下に日本は一つになると信じておったのじゃがな」

家康は深い息を吐いた。

「殿は武田を恐れておられましたが、武田から様々なことを学んでもおられますな」

「武田に学ぶ点は多いからのう」

「わたくしも武田の繋（つな）がり。お津摩（つま）殿は武田家の武将秋山虎康さまの娘御、他にも武田家所縁（ゆかり）の女子を物色しておられましょう」

指を折りながら須和は別の側室の話題に転じた。

「まあ、特に意識をしたわけではないのじゃがな」

家康は苦笑した。

「おや、そうなのですか」

須和は思わせぶりだ。

「なんじゃ、疑うのか」

「大いに」

けろっと返すのが須和らしい。

「きついのう」

家康は苦笑した。

「ところで、今後、大いなる敵と合戦になるかもしれませぬな」

須和は言った。

他の側室とは戦や政の話はしない。彼女らは戦や政に口を挟むなど女のすべきことではない、と思っているからだ。ところが須和は遠慮会釈なく話題にする。それが不思議と鼻につかないのだ。

家康も須和相手だと不愉快ではない。むしろ、重臣たちを相手にするよりも気軽な分、本音のやり取りができる。

「さてのう……さしずめ上杉景勝かのう」

思案を巡らしながら家康は答えた。

「上杉ですか。いかにもありそうですわね」

須和の顔が好奇心に彩られた。

「なんじゃ、武田所縁の者ゆえ、上杉との合戦には興味がありそうじゃのう」

家康の指摘に、

「そうですわ」

須和は認めた。

「上杉家は信長公が亡くなり、命拾いをした。本能寺の変がなければ、柴田勝家の軍勢が越後に雪崩れ込んでいた。わしも、上方見物から戻り次第、越後に参陣するよう命じられておったのじゃ」

「殿、上杉と戦うとしたら何処(どこ)がよろしゅうございますか」

「春日山(かすがやま)城を攻め落とすのがよかろう」

「そうでしょうか。その前に川中島で合戦をなさってはいかがでしょう」

「川中島か。そなた、わしに信玄公と謙信公の合戦を再現させたいのじゃな」

家康は小さく笑った。

「殿に信玄公の代わりに上杉に勝って欲しいのです」

「川中島か……」

ぼんやりと家康は天井を見上げた。

須和はにっこり微笑(ほほえ)み、

「須和には策があります」

と、言った。

「ほう、須和の軍略か。それは心して聞かねばのう」

須和は女だてらに孫子(そんし)などの兵法書を読んでいる。ずいぶんと変わった女だと家康は興味を抱いた。

「上杉勢の籠(こも)った妻女山(さいじょさん)に陣取るのです。妻女山だけではなく、周辺の山と繋ぐ砦(とりで)を築くのです」

「ほう、すると、上杉勢は妻女山を囲むことになるのう」

家康は言った。

「上杉勢が妻女山と周辺の砦に籠った徳川勢を囲んでいる間に春日山をつくのです」

自信を以て須和は提案した。

「中入りか……信長公が得意としておられた戦法じゃが。あれは、信長公なればこその策でのう。やった方がしくじる。実際、川中島の合戦において信玄公は中入りをして、痛い目にあった。信玄公は軍勢を二手に分け、一手を妻女山の背後から攻めさせた。妻女山から下りた上杉勢を残る一手が迎え、妻女山を攻め立てたもう一手と挟み討ちにしようとしたが、謙信公に見破られた。謙信公は妻女山を攻められる前に山を下り、待ち受ける武田勢を奇襲したのじゃ。つまり、別動隊を差し向けるのは危険を伴う。まず、敵に気づかれるからな」

嚙んで含めるような家康の説明を受け、

「女の浅知恵でございますな。所詮は書物の上の軍略でございました」

素直に須和は誤りを認めた。

須和は意地を張らない。こういうところが須和の聡明さである。

「いやいや、面白かった。ひょっとしたら、やりようによってはあるいは、運が味方をすれば春日山城を落とせるかもしれぬな」

家康は言った。

「お気遣いありがとうございます」

須和は一礼した。

それから、

「次の合戦ですが、上杉ではなく羽柴ではないでしょうか」

須和に言われ、

「羽柴筑前か」

なるほど、秀吉の勢いは凄まじい。

本能寺の変の直後、毛利と和議を結んで山陽道を攻め上がり、山城国山崎で明智光秀を破った。その後、信長の後継者としてばく進し、織田家の筆頭柴田勝家を滅ぼした。勝家と結んだ信孝を切腹させたのは次男信雄とされているが、秀吉が信雄を焚きつけた、という噂もある。

ともかく、秀吉の勢力は拡大し、十万を超える軍勢を動かせる。畿内を中心に美濃から西、毛利と接するまでの地域のほとんどは秀吉に従っている。

越中の佐々成政、尾張、伊勢を領する織田信雄、それに駿河、三河、遠江、信濃、上野、五カ国の太守家康も従えば、信長の領国を勢力下に置くことになる。

「羽柴さまを倒せば、殿は天下人でござります」

須和は言った。

「天下など、そんな不確かなものを追い求めては足元が危うくなる」

家康は薄笑いを浮かべた。

「秀吉は殿の足元を脅かすかもしれませぬぞ」

「わしに戦を仕掛けてくると申すか」

信康と徳姫の婚礼の場で、秀吉は子作りの薬をくれた。とんだ偽薬であったが。

奇妙な男、木下藤吉郎は信長の後継者、すなわち天下人にのし上がろうとしている。まさしく戦国乱世を体現したような生き様である。

今のところ、自分から秀吉に合戦を挑むつもりはないが……。

二

事態は須和の見通しどおりの展開をした。

天正十二年（１５８４）の二月、信雄が秀吉との合戦を決意し、家康に助勢を求めてきたのである。

家康は応じることにした。もし、信雄が秀吉に屈し、尾張、伊勢にまで秀吉の勢力が及んだなら、徳川の領国に巨大な圧力が加わる。

信雄と信雄の領国を防波堤としたい。防波堤が崩れては元も子もないのだ。

家康は出陣の支度を急がせた。

浜松城の奥向に足を延ばす。

と、

「さて」

誰の所に行けばよいものか。

出陣が近いとあって何人かの侍女が誘ってくる。みな、側室付の侍女である。酒井忠次からは夜伽を慎むよう釘を刺されていた。

「わかっておる」

家康は受け入れたが、これからの戦、長陣になるような気がする。なんといっても秀吉は大軍を動員できるのだ。大軍と渡り合うには籠城しかない。

陣にやって来る比丘尼相手に情欲を満たせばよいが、五カ国の太守が比丘尼を呼ぶのは体裁が悪い。勘繰れば、比丘尼に扮した秀吉方の女忍びや密偵かもしれない。

女相手の枕合戦は子種のやり取りであって命を奪われては元も子もない。

対陣中は我慢しなければならない。

そう思うと、家康は懊悩（おうのう）した。

「ええい」

欲望に抗（あらが）うことはできない。

家康は籤（くじ）を引いた。

複数の側室を置くようになり、誰の所に渡ろうかと迷った際に引く。側室の名前を記した紙を丸めて壺（つぼ）に入れてあり、その中に腕を突っ込んで手当たり次第に紙を摘（つ）まみ出すのだ。

「お津摩か」

よし、と家康はお津摩の部屋を訪ねる。

お津摩は入念な化粧をして家康を待っていた。須和とは違い、ろくなやり取りもせず、枕を共にした。

一時の間に三度も子種を絞り取られた。

参った。

へとへとだ。

「戦どころではないのお……」

瀬名が死に、勝手気儘（きまま）に側室を置くことができるようになったが、側室同士の争いに頭を痛めることになった。側室たちは家康の寵愛（ちょうあい）を求め、足を引っ張り合っている。勘繰れば寵愛よりも、ずばり子種が欲しいのだ。身籠り、赤子、特に男子を産めば手厚く遇される。信康が死に、家康は跡継ぎを定めてはいない。

お万が産んだ於義丸は数え十一歳、お愛の子、長松は六歳、福松丸は五歳だ。そして、昨年、お津摩が男子万千代丸を産んだ。

その内の誰を後継にするか、四人が四人とも無事育ってくれるのかもわからない。加えて、まだ男子を生さない側室もいる。彼女らだって身籠るであろう。そうだ、須和など男子を産めば強い武将に育てようと奮闘するに違いない。

早く跡継ぎを決めないことには、側室ごとに家臣団の派閥が形成されてしまう。信康の時の岡崎派、浜松派どころではない。

「困ったのう」

家康は苦悩しつつ寝間に戻った。

すると、甲冑武者が座っている。

ぎょっとなったところで武者が振り向いた。

「なんじゃ、須和か」

須和は甲冑を身に着けて家康を迎えた。

「殿、須和も出陣致します」

当然のように須和は申し出た。

「たわけたことを申すな」

家康は取り合わなかったが、

「こたびの戦、長引くのではござりませぬか。お側で身の回りのお世話をする者がいないと、不便ですよ」

須和は臆せず、もっともらしい理屈をつけた。

「それもそうじゃが……」

家康は心が動いた。

「是非にも」

須和は三つ指をついた。

三

二月の半ば、清洲城に入った。

本丸御殿の書院で信雄と面談に及んだ。

「家康殿、頼みにしておりますぞ」

具足に身を包んだ信雄は全身で家康への感謝を表した。

「なんの、亡き信長公には一方ならぬご恩がござります。その恩は山よりも高く海よりも深いと存じます。今こそご恩に少しでも報いたいと、はせ参じた次第でござる」

家康は大真面目(おおまじめ)に言った。

何ら躊躇(ちゅうちょ)なく、そんな歯の浮いた言葉を発することができるようになった。複数の側室を相手の枕合戦の成果かもしれない。

信雄は感激の余り目を潤ませ、

「それに比べ、猿めは」

秀吉をあだ名でののしった。

「羽柴筑前、信長公のご恩を受け、小者(こもの)から大大名に取り立てられながら、主家を乗っ取り、天下を奪わんとしておりますな。まさしく、天下の不忠者」

家康も怒りを示した。

「よって、断じて負けるわけにはいきませぬ。絶対に勝ちましょうぞ」

信雄は決意を示した。

「さよう」

双眸(そうぼう)を見開き家康は胸を張った。

自信をみなぎらせた家康を見て信雄はすっかり自信を深めた。

家康はおもむろに、

「しかし、それには周到な軍略が必要ですぞ」

「家康殿は東海道一の弓取りと評判じゃ」

「わしの器量はともかくとしまして、秀吉はどれほどの軍勢を向けてくるでしょうな」

「十万を超えておるとか」

信雄は両手を広げた。

動ぜず、家康は返した。

「我らは三万です」

軍勢の数を口に出した途端に信雄はうろたえ始めた。不安にかきむしられたように身をよじらせ、

「美濃大垣(おおがき)の池田勝入斎(いけだしょうにゅうさい)も猿につくかもしれぬ。他にも父の家臣どもが利に釣られて猿に味方しそうじゃ。どいつもこいつも恩知らずの不忠者、猿の口車に乗せられておる」

疑心暗鬼を募らせ、十万では収まらないかもしれない、と信雄は騒ぎ出した。

池田勝入斎とは、池田恒興(つねおき)、織田家の宿老(しゅくろう)である。母親が信長の乳母であった為、信長とは乳兄弟であった。その為、信長の小姓として仕えた譜代中の譜代である。

本能寺の変の後、秀吉の明智光秀討伐軍に加わった。その際に剃髪(ていはつ)して勝入斎と号

している。

賤ケ岳の合戦後、信長の三男信孝が領していた美濃の内、大垣城を中心とした十三万石を領していた。信雄にすれば、味方になって当然の男であったが秀吉方についてしまい、少なからぬ衝撃を受けている。

「十万を超える大軍と合戦に及ぶにふさわしい籠城をしましょう」

「ならば、清洲城に兵を調えましょうぞ」

信雄の提案を、

「清洲城は平城、大軍に囲まれて力攻めにされたら、心もとないですな」

家康が反対すると、

「では何処に」

信雄は目を彷徨わせた。

「小牧山城でござるよ」

家康はにんまりとした。

「小牧山城は廃城になっておりますぞ」

小牧山城に拠点を移した信長であったが、予定より早く美濃を制覇した為に、二年余りで廃された。

「あの城は小牧山全体を城塞にし、野面積で石垣を組んだ信長公ならではの堅城です。修繕、改修を施せば、十万の軍勢に囲まれようと落ちるものではありませぬ。わしが、難攻不落の城にしてみせます」

家康はそれしかないと思っている。

「籠城して後は……」

信雄は不安が去らない様子だ。

「大軍の弱味は兵糧が尽きること。そして、秀吉の軍勢は信雄殿が申されたように利に釣られた烏合(うごう)の集団でございます」

家康が指摘すると、

「なるほど、長陣となれば自滅するか」

信雄の顔は輝いた。

「そうは申しても、喜んでばかりもおられませぬ。秀吉は城攻めに長けておるとか」

信雄は再び動揺し始めた。

三木(みき)の干し殺し、鳥取の飢(かつ)え殺し、太刀(たち)も刀もいらず、と秀吉は播州三木城、因幡(いなば)鳥取城を落とした戦績を誇示している。

「まあ、心配には及びませぬぞ」

励ますように家康は語りかけた。

家康は着々と小牧山城を難攻不落の要塞とすべく改修に当たっている。

三月二十一日、ついに羽柴秀吉は大坂を発した。

信雄の予想は的中した。

美濃大垣城主池田勝入斎が秀吉方についたのだ。他にもこちらに味方すると言っていた土豪たちが秀吉に寝返った為、その軍勢は十二万五千もの大軍に膨らんだ。

小牧山城に拠（よ）る信雄、家康方は三万である。家康は信雄に戦の差配全てを任せるように言い渡した。信雄に異存はない。ただ、この生来の臆病者は四倍を上回る秀吉勢に恐れをなし、家康の顔を見れば、

「大丈夫でござろうか」

と、口癖のように尋ねる。

このため、家康は信雄を避けるようになった。それでも、信雄は執拗（しつよう）に家康への面談を求め、ついには家康が巡検している普請現場にまでやって来た。

家康は主郭の西側に堀と二重の土塁を築かせている。

雑兵たちが忙しく働いている中、信雄は十人ばかりの従者を従えて普請場に立った。近くをもっこを担いだ雑兵たちが行き交う。従者たちはもっこから零（こぼ）れる土を避（よ）けそこない、

「無礼者！」

と、怒鳴り、雑兵を威嚇するが、迷惑なのは信雄たちだ。家康は普請の邪魔にならない所まで信雄たちを連れて行った。

家康は土塁を見下ろした。信雄も家康の横に立って土塁を検める。

「なんと……」

信雄は絶句した。

土塁の内に造作をされつつある堀は空堀ながら土塁の高さ二十六尺（八メートル）、幅は四十尺（十二メートル）にも及んでいる。土塁の傾斜は急で、堀に落下すれば上がることは容易ではない。もたもたする内に鉄砲や弓矢の餌食となるだろう。

信雄はしばし唖然として土塁を見た後、家康に顔を向け、このような巨大な土塁など見たこともないと感嘆の声を発した。

「土塁と堀ばかりではありませぬぞ。虎口も工夫を凝らした修繕を行っております。まあ、十万を超える軍勢といえど、力攻めで落とせるものではない、と自負しておりますな」

家康の言葉に信雄は深く首肯した。

「家康殿はまことに名将じゃ。それで……籠城はいつまで続くでしょうな」

「それは秀吉に聞いてくだされ」

「まあ、そうでしょうが。おおよその見通しと申しますか……」

信雄は執拗だ。合戦に絶対はなく想定外のことが起きるのは当たり前なのだが、とにかく保証が欲しい、安心が欲しいのだろう。

「ようわかりませぬが、わしは、一年は落ちぬようにする腹積もりですぞ。むろん、小牧山城に籠っておるばかりではなく、秀吉に従っておらぬ大名たちや土豪などを味方にすべく、書状を送ります。信雄殿もせっせとお書きください」

秀吉に従わない長曾我部元親（もとちか）や佐々成政、雑賀（さいか）党に文を送り、秀吉側の大名たちの領国を脅かしてもらうつもりだ。

「それは頼もしい。それで、勝てますな。我らは猿めに勝てますな」

信雄はしつこい。

いい加減、うんざりする。

家康は周囲を見回し、

「勝つには普請を急がせないといけませぬ。どれ、わしも働くか」

と、目についた雑兵を呼び、一緒にもっこを担いだ。家康が前、雑兵が後ろである。

「信雄殿、方々、ご一緒にいかがですか」

　家康は信雄と従者に語りかけた。

「ああ、いや、これより内輪での軍議がありますので」

　信雄は言い訳をすると従者と共にそそくさと立ち去った。

　信雄一行の姿が見えなくなったところでもっこを置き、

「やれやれ、肝の据(す)わらぬお方よ」

　家康は嘆いた。

「まったく、信長公のお血筋とは思えませぬ」

　雑兵は陣笠(じんがさ)を脱いだ。黒髪が垂れ、素顔が明らかとなった。

　須和である。

　上半身を守るだけの胴丸と呼ばれる鎧(よろい)を身に着けている。足軽に扮して家康に付き従っているのだ。

「信長公の血筋ということが大事なのじゃ。わしが信雄殿の味方である限り、秀吉は徳川をあからさまに敵視できぬからのう」

　家康が返すと、

「信雄さま、臆病風に吹かれなければよろしいのですが」

　須和は危惧の念を示した。

家康は小牧山城を堅固な要塞に修繕し、たとえ、四倍の敵であろうが力攻めには落とされない自信を示している。

さすがは城攻めの巧者秀吉であった。小牧山城の改修ぶりを見てすぐには攻撃を仕掛けてくることなく、犬山城を奪取し、小牧山城の前面に砦を築いて持久戦に入った。自身は犬山の楽田に本陣を据えた。

思惑通りの展開である。

家康も徳川勢も秀吉が犬山城を落としても全く動揺しなかった。

小牧山城、二の丸郭に設けた本陣に石川数正、平岩親吉、本多忠勝、榊原康政、井伊直政らを集め、酒井忠次を待っている。

井伊直政は数え二十四歳の若武者、旗本先手組の侍大将だ。一昨年、信長の死後、家康が甲斐、信濃を領有した際、武田の兵法を受け継いだ。その象徴として直政には武田信玄の有力武将であった山県昌景の朱色の軍装を継承させた。この為、直政の甲冑は目の覚めるような赤色で青空の下に映えている。直政ばかりか指揮下の将兵が揃って朱色の甲冑姿とあって、家中では、「井伊の赤備え」と呼ばれている。

今回の合戦は、「井伊の赤備え」にとっての初陣、直政はひときわ勇み立っている。そんな直政をかつての自分たちのようだ、と本多忠勝と榊原康政はうれしくもあり、危ぶんでもいる。忠勝も康政も数え三十七歳、武将として脂が乗った盛りにあった。

忠次は信雄の本陣を訪れ、犬山城が落城しても動揺することはない、軍略の想定内である、と説明をしている。慌てふためいた信雄が家康を呼んだり、信雄の方から訪ねて来て、あれやこれやくどくどと詰問されるのを避ける為だ。

忠次が戻って来た。

「いかがじゃった」

家康の問いかけに忠次は渋面となりながらも、信雄が理解してくれたと答えた。一同、失笑混じりに安堵した。

その中にあって直政が懸念を示した。

「殿が改修なされ、小牧山城は半年も一年も持ち応えられるかもしれん。しかしながら、秀吉は指を咥えておるわけはないと存じます。籠っておっては、負けはしませぬが勝利の道もありませせぬ」

数正が直政を窘めてから続けた。

「殿は指を咥えておられるのではない。多数の伊賀者を敵勢探索に放ち、敵勢の様子を探っておられる。利に釣られた十二万五千の大軍じゃ。一枚岩ではない。弱点がある。我らはそこを突く」

本能寺の変後の伊賀越えにより、徳川は伊賀の地侍たちとの結びつきが強くなった。服部半蔵の指揮下、尾張、美濃に展開する秀吉勢の動静を入念に探っている。

「殿に抜かりはありませぬな」

恥ずかしそうに直政が言うと、

「当たり前じゃ。わしはな、腹は太い。このようにな」

甲冑に覆われた腹を家康は叩いた。日に日に肥え太っている。家康の軽口に本陣内は笑いが起きた。

とは言え、半蔵の報告を待つだけではみなの士気が落ちる。歴戦の強者どもを奮い立たせるには軍略話だ。

家康はみなに向かって、

「秀吉、どう動くだろうな」

と、質問を投げかけた。

まず、最年長の忠次が答えた。

「小牧山の周辺に砦を築き、その間にも城内に調略の手を伸ばし、お味方の内部分裂を図るのではござらぬか。信長公の頃より、秀吉はそうやって数々の城を落としてまいりました」

続いて数正が発言した。

「秀吉、ここぞという時には意表をつく戦法を取ってきました。中国大返しで明智光秀に勝利し、大垣から木之本に取って返して一気に柴田勢を打ち破った。変幻自在、智謀まさに雲霞の如く沸き上がる男です。兵糧攻めと調略だけで対陣を続けるとは思えぬ」

やはり、数正は忠次と意見対立した。

「相手は大軍じゃぞ。大軍に策なし、動く必要はないと思うがのう」

忠次は同調できないようだ。

「秀吉勢の大半は、つい二年前までは信長公の軍勢であった。秀吉はかつての朋輩や上役の上に立っている。恩賞に引かれて付き従っているが、秀吉が上に立つことを面白くないと不満を抱いておる者はいるだろう」

数正は意見を続けた。

するとと家康はにんまりと笑い、

「半蔵が探ってまいったぞ。子飼いの家来たちは秀吉のことを上さまと呼んでおるそうじゃが、そうでない者たちは陰では猿めが図に乗りおって、と蔑んでおるそうじゃ。長陣となれば、諸将に不満が生じよう。それを秀吉が抑えきれるかどうか……」

「殿、秀吉は動くとお考えか」

忠勝が問うた。

「動く。間違いなく動くぞ」

家康は自信たっぷりに答えた。

「大軍にものを言わせ、小牧山を力攻めにしましょうか」

康政が問いかけた。

「攻められても不思議はないな」

平然と家康は答えると、いつ攻められても崩れないように備えを徹底させた。

忠勝、康政、直政は意気軒高（いきけんこう）となった。

軍議を終え、二の丸曲輪の御殿寝所に入った。本丸曲輪は信雄に譲っている。

小姓たちに甲冑と鎧直垂を脱がさせ、寝間着に着替えた。

小姓たちが出てゆくと須和が入って来た。須和も寝間着姿だ。胴丸を身に着けた足軽から一転、しっとりとした色香が漂っている。

「城の修繕も終わった。あとは我慢比べじゃな」

家康は告げた。

「それなら殿の勝ちですわ。殿は我慢強いですから」

須和は微笑んだ。

「わしは我慢できても、問題は将兵どもじゃのう。特に雑兵連中には乱捕りを禁じておるでな、騒ぎを起こさねばよいが」

小牧山周辺は尾張、つまり織田信雄の領国だ。そこで乱捕りなどすれば徳川と織田に亀裂が生じ、秀吉に付け入られる。

「兵たちには十分なお酒と米の飯を与えておられましょう」

「兵糧に酒は万全じゃ。じゃが、飲み食いに満足しても男はのう……」

家康は言葉を止めた。

「須和が比丘尼たちを手配りしております」

須和はけろりと言った。

「うむ、須和は気が利くのう」

家康は満足げにうなずく。

「兵たちはそれでよろしいでしょうが、将の方はいかがでしょう。武者というのは戦場に出ますと血が騒ぐものです。長きに亘(わた)って睨(にら)み合いに堪えられるものでしょうか」

「血の気の多い者がおるのう」

家康の脳裏に本多忠勝、榊原康政、井伊直政の顔が浮かんだ。

「では、中入りをさせてはいかがでしょう」

須和は進言した。

家康は表情を強張らせ、

「以前にも申したが中入りは禁じ手じゃ」

須和は平然としたまま、

「こちらがするのではないのです。秀吉にさせるのです。殿は申されましたな。中入りは仕掛けた方が負ける、と」

「申したが、秀吉程の武将が中入りなんぞやるものか」

「兵法かぶれ女の浅知恵と思われるでしょうが。どうか寝物語としてお聞きくださ い」

須和はあくまで真剣である。

「よかろう。語ってみよ」

家康は促した。

「秀吉勢は、利、恩賞に釣られた欲の塊の者どもばかりです。恩賞を得ようと、鵜の目鷹の目で合戦に臨んでおることでしょう。欲深き者たちに餌を与えるのです」

須和はにっこりとした。

「餌とは」

内心では家康も見当がついている。須和とのやり取りは軍議の場とは違って勝手気儘、奔放。須和の武将たちにはない発想に家康は刺激を受ける。

「三河、岡崎城でござります」

　須和の一言は家康の危惧を指し示すものであった。三河、遠江、駿河、信濃、上野五カ国の太守となったとはいえ、本国は三河と遠江だ。信長は武田を滅ぼし、徳川領を含め、東は上野、甲斐という関東から西は備前(びぜん)に到る三十カ国を領国にし、関東の北条、奥羽の伊達(だて)、最上(もがみ)をはじめ数多(あまた)の大名、土豪を帰服させた。

　それでも、尾張、美濃を別格に位置づけ、織田の本国とし、他国は分国として扱っていた。家康も五カ国の太守となったとはいえ、深く根差しているのは三河と家康の代になって切り取った遠江である。この二カ国が徳川の本国であった。

　秀吉との合戦の為に主だった将兵を引きつれてきた為、岡崎城の守りは手薄だ。だからと言って、岡崎城を攻める策、すなわち中入りを秀吉がするとは思えない。軍勢の一部を割き、岡崎に向かえば家康の知るところとなり、追撃されるに決まっている。

　秀吉ならそんな愚策には出ないし、それゆえ敢(あ)えて家康も主力軍を小牧山城に置き、岡崎城には最低限の守備兵力しか残していないのだ。

　家康の心中を読んだように須和は続けた。

「岡崎城は手薄だ、徳川勢は小牧山に陣取ったまま大軍に臆して出てこない、と、秀吉方に伝えてはいかがでしょう。秀吉方の武将で手柄に逸(はや)る者は岡崎に軍勢を進めるのではないでしょうか」

須和の提案を聞き、

「そうじゃのう」

家康は明確には答えられなかったが、須和の考えに一理あると思った。服部半蔵に岡崎城が手薄だと流させよう。しかる後、半蔵に流言の効果も確かめさせる。流言に乗せられる諸将が現れ、秀吉が抑えられなくなれば勝機を見出せる。

「須和、夜の合戦を致そうぞ」

家康の誘いに、

「望むところでございます」

須和は寝間着を脱ぎ捨てた。


須和の献策を受け入れ、家康は服部半蔵に秀吉方への工作を行わせた。

果たして、工作は成功した。

四月八日の夜半、秀吉勢の一帯、池田勝入斎、森長可、堀秀政、羽柴秀次率いる二万の軍勢が犬山城を発し、家康の領国である三河岡崎城攻略に向かった。

先陣は池田勝入斎率いる五千、二陣は森長可の三千、三陣堀秀政の三千、そして四陣を秀吉の甥、羽柴秀次が九千の兵を率いていた。

家康は徳川勢を主力として追撃することにした。

二の丸御殿の寝所で家康は甲冑を身に着けた。

「須和、そなたの策が当たったぞ」

「殿、ご武運をお祈り申し上げます」

須和は表情を緩めずに答えた。

「それにしても、秀吉め、よくぞ中入りに討って出たものじゃ」

秀吉ほどの武将が中入りの不備がわからないはずはない。それでも、あえて中入りに出たということは、よほど勝算があるのか、それとも、池田勝入斎らを抑えきれなかったからなのか。

半蔵の探索によると、岡崎城が手薄だという流言に食いついたのは池田勝入斎だそうだ。

秀吉は池田勝入斎を味方につける為、勝利の暁には美濃と尾張、三河の三カ国を与える約束をしたそうだ。

勝入斎は勝利に貢献する武功を上げるにふさわしい働きだと思い、秀吉に岡崎城奇襲を提案したのだ。

池田勝入斎は秀吉にとっては織田家の朋輩で、勝入斎の母親は信長の乳母であった。信長は赤子の頃から癇癖（かんぺき）が強く、授乳の際に乳母の乳首を嚙み破ったという。

このため、乳母のなり手がなかった。ところが、池田勝入斎の母親養徳院（ようとくいん）にだけはなついた。勝入斎は信長の乳兄弟ということで小姓として仕え、信長から重用された。

昨年の賤ヶ岳の合戦での功により、秀吉から大垣城と美濃の内十三万石を与えられた。

今回、秀吉は勝入斎を美濃、尾張、三河を与えるという破格の条件で味方につけた。

岡崎奇襲を勝入斎は相当に強く主張をしたそうだ。秀吉は勝入斎に押し切られるようにして策に応じたのである。

しめたとばかりに出陣の準備を調えた。

家康自ら出陣し、一万の軍勢をもって追撃する計画がなされた。

四月九日の深夜、馬にばいを嚙ませ、松明（たいまつ）は掲げず、夜陰に紛れて追尾をする。

夜通しの行軍を続け、明け方近くになって矢田川（やだ）の河岸に至った。立ち込めていた霧がゆっくりと晴れ、こんもりと茂る林が見えた。白山林（はくさんばやし）と呼ばれる小高い丘から、白い煙が立ち上っている。

軍勢が陣を張っている。煙は朝餉（あさげ）の準備であった。旗印からすると四陣の羽柴秀次の軍勢である。

水野忠重（ただしげ）勢が攻めかけた。

八年前、忠重の兄信元は信長から武田への内通を疑われ、切腹に追い込まれた。刈谷城と水野領は信元が武田に通じていると讒言（ざんげん）した佐久間信盛に与えられた。ところが、信盛は天正八年（1580）、大坂本願寺が事実上信長に降（くだ）って大坂の地を退去した後、信長から働きが悪いと責められ、全ての所領没収の上、織田家から追放された。追放後、信元の武田内通は信盛の偽証と判明した、と信長は言い、信元の弟忠重に刈谷城と所領を与えた。以来、忠重は刈谷城主となり、今回は徳川勢の一翼を担っている。

白林山から驚きの声と白煙が立ち上る。

雑兵たちが騒いだところで、水野勢は鑓（やり）を振り回した。誰彼に目を付けることもなく突いては引き、引いては殴りを繰り返す。

雑兵たちの騒ぎを聞きつけ、鎧武者がやって来た。

家康は白山林から一里ほどにある小幡（おばた）城に陣を張っていた。

そこに一番首を上げた水野藤十郎勝成（とうじゅうろうかつなり）がやって来た。忠重の息子で、数え二十一歳の若武者、家康には歳（とし）の離れた従兄弟（いとこ）に当たる。

「でかした」

家康は諸手を挙げて賞賛した。

「かたじけのうございます」

藤十郎は誇らしさで胸がはち切れんばかりだ。

「水野藤十郎の一番首、見事なり」

家康はこれで勝ったと確信した。

夕暮れとなり、

「殿、夜討ちを仕掛けてはいかがでしょう」

井伊直政が積極策を言い立てた。家康は爪を噛み黙り込んだ。

「今、秀吉は竜泉寺に陣を構えております。ここからは半里ほど。夜討ちをかければ討ち取ることできましょう」

榊原康政も言い立てた。

井伊の赤備えは織田信雄勢、安藤直次（あんどうなおつぐ）勢と共に池田勝入斎、森長可の軍勢相手に奮戦した。井伊勢の活躍もあり、池田勢、森勢は壊滅したばかりか、池田勝入斎と森長可は討死を遂げ首級が挙げられた。水野勢の羽柴秀次勢撃破と相まって織田、徳川勢は意気軒高だ。

「しかしのう……」

家康は乗り気ではない。

「今こそが好機でござる」

直政が勇み立った。

「我らは十分な勝利を得たのじゃ。いたずらに兵を動かしては勝ちがふいになる」

宥(なだ)めるように家康は言った。

「更なる勝ちを得ましょう。秀吉の首級を挙げましょう」

直政は引かない。

「相手は秀吉じゃ。十分な備えをもって我らを誘っておるのかもしれん」

数正が意見を添えた。

意見を入れられない直政と康政は不満そうに顔を歪(ゆが)ませた。同意してくれるであろう本多忠勝は小牧山城の守備に当たっている。本陣はぴりぴりとした空気が張り詰め、戦勝気分が吹き飛んでしまった。

「殿、目の前に天下が転がっております」

康政は声の調子を落とした。勇み立った気持ちを押さえ、家康が受け入れることを願っている。

「天下のう……」

家康は冷笑を浮かべた。

「秀吉を討てば天下を手にできるのです。今、まさしくその好機なのです」

抑えていた感情が爆発し、康政は顔を真っ赤にし、口角泡を飛ばさんばかりの勢いで捲(ま)くし立てた。若武者直政も双眸を見開き、同調している。

家康はいなすようにため息を吐(つ)き、

「わしはな、一つ一つ、目の前の勝ちを取る。今は、長久手での勝ち戦が全てじゃ」

改めて直政と康政の進言を拒絶した。

ここに到って直政と康政は引き下がった。

「みな、大儀であった」

話はすんだとばかりに告げた。

小牧山城に帰陣すると信雄が手を取らんばかりの感謝の言葉をかけた。従者と共に二の丸御殿の大広間を訪れ、家康を褒め上げる。

信雄のあまりのはしゃぎようを見ている内に家康は冷めていった。

信雄は大量の酒と肴(さかな)を持参し、徳川の重臣たちはもちろん、雑兵に到るまで振舞ってくれた。

上段の間で家康と信雄は並んで酒を酌み交わしたが、家康は形ばかり口をつけただけで、握り飯で腹を満たした。

「これで秀吉は降参してきますぞ」

信雄の楽観的な見通しに、

「さて、それはどうでしょうな」

冷や水を浴びせるように家康は真顔で賛同しなかった。

信雄は心外だとばかりに目をむいて、

「池田勝入斎、森長可と申せば、父の生前には織田家でも歴戦の勇者ですぞ。それを討ち取ったのですから、お味方大勝利、猿めも右腕をもがれたようなものです」

「池田と森の首級を挙げることができたのは大いなる成果ですが……」

家康は言葉尻を曖昧にした。

「何か心配事でもあるのですか」

信雄も危惧の念を抱き始めたようだ。

「いや、心配というより、秀吉は依然として強大ということです」

小牧山城を囲んだままだと家康は指摘した。

「それは、そうですが」

信雄は不安に駆られたようだ。

こうなるといけない。

大丈夫か、勝てるか、何時頃に戦は終わる、など執拗に問いかけてくる。

「大丈夫かのう」

やはり、信雄は心配を始めた。

「信長公が守ってくださります」

太い声で家康は言った。

信雄はこくりとうなずき、

「そうじゃのう。この城に陣取っておれば、父がお見守りくださる」

「秀吉に屈しない大名、土豪に長久手の勝ち戦を伝える書状を送ってあります。もちろん、都や堺にも。公家衆や商人に秀吉が負けたことを伝えました」

家康の言葉に、

「それはよい。公家衆には父の世話になった方々が数多おる。堺の商人どももな」

信雄は元気を取り戻した。

家康はにたりとしたが笑顔の裏で危機感を募らせた。

この戦、負ける。

そんな思いに駆られる。この愚鈍な男のせいで敗北を喫する。愚かなら愚かで構わない。全てを家康に任せてくれればよいのだ。

しかし、信雄は自分がわかっていない。自分を信長の血を受けた名将だと思っている。だから秀吉の器量がわからないのだ。秀吉を織田家の小者だった頃のままに見下しているのだ。

自分としたことが組む相手を間違えたのではないか。

秀吉は調略上手である。

信長の横死によって毛利攻めは中止になったが、本能寺の変の時点で秀吉は毛利方の大名、土豪、海賊たちに調略を仕掛け、多くを織田方に寝返らせていた。その時点で毛利方は内側から崩され、疑心暗鬼に駆られていたのだ。

和議を働きかけたのは毛利方であった。秀吉は単独で和議に応じるわけにはいかず、信長の着陣を待った。毛利からすれば、信長がやって来ては遅い。武田のように全ての領国と一族を奪われてしまうかもしれない。

秀吉の調略は大国、毛利を根底から揺さぶる程に水際立ったものだったのだ。

そんな秀吉が指をくわえたまま小牧山城を囲み続けるはずはない。

信雄に調略の手を伸ばすだろう。

いや、既に伸ばしているか。

家康は信雄の横顔をちらりと見た。間抜け面丸出しで杯を重ねる様子からは、秀吉の影は感じられない。

この馬鹿が腹芸などできはしないから、今のところは調略の手は及んでいない。だからと言って油断はならない。秀吉は信雄の愚かさばかりか欲深さ、弱味を把握しているだろう。信雄の泣き所をついてくるに違いない。

宴が終わり、信雄一行が本丸曲輪へ帰って行った。家康は酒井忠次と石川数正だけを残した。

「殿、何か危惧な点がござりますか。宴ではほとんど飲まれておられなかったようですが」

忠次が心配した。

数正は黙っているが、家康の心中を察したように信雄が座っていた座を見た。

家康も信雄の席を見て、

「三介殿のなさることよ……」

と、呟いた。

三介とは信雄の通称である。「三介殿のなさることよ」とは、信長在世中から織田家中で囁かれてきた信雄を揶揄する言葉だ。信雄の愚鈍ぶりを、批難を通り越して信雄がやったことだから仕方がないという諦めの境地を言い表している。

「信雄さま、何かなさりましたか」

忠次が聞くと、

「いや、至って上機嫌であられた。じゃがな、とかく気持ちが千々に乱れるお方。今はよいが、長陣となれば、どうなることやら」

家康はため息を吐いた。

「秀吉の餌食となりましょうな」

迷うことなく数正は断じた。

忠次も憂鬱な顔となり、

「そうじゃのう」

と、腕を組んだ。

こと信雄への評価では二人の考えは一致した。そのことが信雄の愚物ぶりを物語っている。

「信雄殿の動き、半蔵に見張らせよ。それと、念の為じゃ、信雄殿の軍勢への備えも怠るな」

家康は命じた。

その晩、家康は須和に戦勝を告げた。

「おめでとうございます」

須和は満面の笑みで祝意を述べ立てた。

「うむ、そなたのお陰じゃ」

家康も信雄から祝われたよりも何倍もの喜びを感じる。

「殿はやはり、東海道一の、いえ、天下一の弓取りです」

須和は言った。

「おだてるでない」

満更でもなく家康は返した。

「おだてではございませぬ。秀吉は信長公の後を継ぐ天下人でございましょう。天下人に勝ったのですから、天下一の武将でございます」

大真面目に須和は言い立てる。

「勝ったと浮かれておってもな、未だ真に勝ったことにはならぬ。実際、秀吉の大軍は居座ったままじゃ。見ようによっては、我らは袋の中の鼠じゃぞ」

家康は怖くはないか、と須和に問いかけた。

「殿がお守りくだされば、ちっとも怖くはありませぬ」

須和は抱き付いてきた。

家康もそれを受け入れ、二人は生まれたままの姿でしとねに雪崩れ込む。

「今夜の夜伽できっと強いお子を授かりますわ」

須和の言葉に、

「そうじゃのう」

家康も確信した。

しばし、家康は合戦のことも信雄、秀吉のことも忘れ、須和との同衾に没頭した。

須和は後家とあって房事には慣れていたが、お愛ほどには床上手ではない。お愛は己が情欲の尽きるまで貪欲に家康を求める。お愛と枕を共にする夜は明くる日大事がないことを確かめてからだ。

対して須和は家康の体調に合わせてくれる。疲れていると見たら、肩や腰を揉んでくれ、あれやこれや雑談や兵法の話をしながら夜伽を終えるのが珍しくはない。

この夜、家康は出陣で疲れてはいたが戦勝の興奮で気持ちは高揚している。賢い須和は家康の気持ちを見通し、あられもなく身をよじらせている。

家康がふくよかな両の乳房をむんずと摑むや、

「あ、あ〜ん……とのお〜！」

城中に響き渡らんばかりのよがり声を上げ、家康の性欲を高める。

須和の身体は面差し同様に美麗ではない。肌はざらざらとした鮫肌、下腹には肉が付き、身体の線は崩れている。

それでも、心身が充実をしている時、須和とのまぐわいは特別なものとなる。

家康ははち切れんばかりに怒張した一物を須和に握らせた。須和は喘ぎながら強弱をつけ、男根をしごき上げる。

「天下一……天下一のお珍宝でござります」

須和のかすれ声が耳朶奥に届く。猛然と家康は須和の女壺に我が分身を突撃させようとした。

が、須和は陰茎を握ったまま離さない。

「猛々しきとのお～」

よがりながら魔羅の先端を女陰の尖りにこすりつけ始めた。

家康も須和も汗みどろとなっている。

不意に須和は両目をかっと見開き、

「攻め落としてくだされ～」

と、握り締めていた肉棒から手を離した。

「おおっ！」

家康は突撃せんばかりの雄叫びを上げ男根を……。

事を終え須和は家康の腕枕で言った。

「早く戦が終わって欲しいような欲しくないような……」

「なんじゃ、須和らしゅうもない。曖昧な物言いじゃのう」

家康は天井を見上げながら聞いた。

「戦が終わり、浜松に帰ったら殿は何人もの側女方とお過ごしになりましょう。戦が続く限り、須和は殿を独り占めにできるのですもの」

須和は家康の顔を覗き込んだ。

「可愛いことを申すではないか。須和はお愛たちが嫌いか」

「嫌いではございませぬ。ただ、女同士の合戦は避けられませぬ」

「その通りよな」

家康も痛感していることだ。

側室同士、いがみ合っては御家の乱れとなるのだ。

しかし、こればかりはどうすればよいのか、妙案が浮かばない。古の唐土の始皇帝は何千人もの側室を持っていたそうだ。側室たちは始皇帝の乗る牛車が自分の所に来るよう、牛を引き寄せる為、玄関に盛塩をしていたという。

この先、側室は増える。

増えるごとに気苦労も大きくなる。それはわかっているのだが……

家臣を束ねる酒井忠次、石川数正のような者がいて欲しい。

しかし、そうはいかない。

側室同士は競い合い、蹴落とし合いの横並びである。誰かを特別に寵愛をし、その者に束ねさせるか……

それもできぬ。

正室を迎えるか。

正室に束ねさせてはどうか。いや、そんなこともできない。第一、正室は懲りている。正室の存在は大きい。それこそ徳川家に派閥が生じるだろう。

信長は帰蝶と離縁してから正室を持たなかった。早々に信忠を嫡男に決めた。それゆえ、織田家中で側室の産んだ男子を巡る派閥争いは生じなかったが、信長と信忠の死によって織田家は割れた。家督を相続した信忠が生きていれば、秀吉にうまうまと天下を乗っ取られることはなかっただろう。

「難しいのう」

思案すればするほど混迷に陥ってしまう。

ふと秀吉を思った。

秀吉は相当に好色だと評判だ。正室はしっかり者と評判だが、子宝に恵まれなかった。それをいいことに秀吉は手当たり次第に側室を置いているのだとか。

見目麗しい、身分ある女を秀吉は好むのだそうだ。

四

両軍対峙のまま時が過ぎてゆく。

秀吉は尾張国内に点在する信雄の居城を落としていった。小牧山城への積極的な攻撃は加えてこない。

八月になり、家康は信雄の執拗な要請で小牧山城本丸御殿に赴いた。御殿の奥書院で信雄と面談した。

信雄はやはり焦りを見せている。

家康は雑賀党や長曾我部に秀吉の領国への攻撃を働きかけて、各々活発に動いてくれている。その為、秀吉も楽田の本陣から引き揚げ大坂に帰ったようだ。

焦燥に駆られる信雄に、家康は叱咤した。

「秀吉は大坂に帰ったようです。こちらも厳しいが秀吉もここらが正念場でしょう」

「それはわかっておる。しかし、領国を侵されておるのはわしじゃ……家康殿、小牧山城から尾張領国内に展開する秀吉勢を撃破するわけにはいかぬかのう」

信雄の苦渋はわかるが、それをすれば全軍が瓦解する。

「それは秀吉の思う壺ですぞ。秀吉が一番望んでおるのは、我らを小牧山城から引きずり下ろすことなのです」

「そうか……」

信雄にも小牧山城を出ることの不利はわかっているようだ。

「間もなく北条から援軍が来ます。」

希望を持たせようと家康は告げた。

「まことですか」

信雄は顔を輝かせた。

北条とは盟約を結んでいる。援軍を寄越してくれるとの返事も北条氏政からあった。北条の援軍は清洲城に入ってもらい、小牧山城の織田、徳川勢と共に尾張国内に陣を敷く秀吉勢のいずれかの陣を攻めようと家康は計画している。

「頼もしい限りじゃ」

信雄は家康の調略に感心と安心をした。

すると、二の丸から伝令が来た。須和からだ。至急、戻って欲しいという。何か異変が出来したのか。

信雄の気持ちが安定したことを見て家康は二の丸に戻った。

二の丸御殿の居室に入った。

須和が待っていた。その表情は実に晴れやかである。

「いかがした」

問いかける気持ちも明るくなった。

「やや子が出来ました」

須和は小袖の帯を手でさすった。

「そうか」

家康の気持ちもすっかり華やいだ。

「殿が長久手で秀吉勢に勝った日に授かったようです」

須和は誇らしげだ。

「益々(ますます)めでたいのう」

「きっと、とても強い男の子が産まれますよ」

須和の見通しを家康も素直に受け入れた。

「でかしたぞ、須和」

抱き寄せようとして、慌てて須和の身体を気遣った。

「小牧山城から帰った方がよいな」

家康は勧めたが、

「いいえ、わたくしはここにおります。お腹の子と一緒に殿を支えたいと思います」

「気持ちはうれしいが、そなたの身とやや子が心配じゃ。何しろ、ここは戦場じゃからな」

家康は言った。

「お言葉ですが、須和はお腹の子に一日も早く殿のお役に立ってもらいたいのです。それには、戦の過酷さを学ばせたいのです」

お腹にいる時から、そうしたことは養育せねばならない、と須和は強く主張した。

急ぐことはない。しばらく、戦局は動きそうにない。北条の援軍が来たら、ひとまず、岡崎城に移るよう言おう。

「浜松には帰りたくありません」

須和は呟いた。

「何故じゃ」

側室たちの存在であろうと思いつつ、家康は問いかけた。案の定、須和は側室同士のいさかいを嫌ってのことであると答えた。

「お万殿から文がありました」

お万は次男の於義丸と浜松城に入ったが、お愛や他の側室とのいさかいにより、本多作左衛門の屋敷に戻った。

「お万殿、気鬱になっているようです」

須和は言った。

双子を産んで以来、お万は笑顔を滅多に見せなくなった。こんなことでは、家康も浜松城に帰り辛い。やはり、側室を束ねる者が必要だ。それには須和がいい。須和の聡明さは束ね役にふさわしい。

「須和、そなた、合戦が終わったら、側室たちを束ねてくれぬか」

家康が頼むと、

「須和が……」

須和はきょとんとなった。

「そうじゃ、そなたに束ね役になってもらいたいのじゃ」

「できませぬ」

須和は首を左右に振った。

「そなたならできる。いや、そなたにしかできぬ」

困り顔で家康は頼んだ。

「できませぬ。須和はおの子ができたのです。おの子が産まれたら、自分の子供が一番可愛いと思ってしまうのです。そんなことでは束ね役はできませぬ。束ね役は公平でなければなりませぬ」

須和らしい明瞭な物言いである。

「うむ……もっともじゃのう」

それ以上は頼めなかった。

九月になり酒井忠次から、

「北条の援軍が来られなくなったそうです」

と、報告が上がった。

「そうか……」

言葉に力が入らない。

「佐竹義重（さたけよししげ）が北条の領国を侵しておるとか」

忠次は続けた。

「秀吉の差し金かもしれぬな。佐竹に北条の領国に軍勢を進めるよう要請したのであろう。北条を動かせなくする為にな」

家康の推論に忠次も同調した。

「秀吉め、我らをじわじわと絞り上げるつもりですな」

「さて、どうするかじゃが」

　家康は思案をした。

「戦の手仕舞いを考えねばなりませぬな」

　忠次の言う通りである。

「和議を結ぶべきであろうが、こちらから切り出すと負けを認めることになる」

　家康は渋面を作った。

「和議を有利に導くには長久手のような勝利が必要ですぞ。いっそ、楽田の秀吉本陣に夜討ちをかけてはいかがでしょう。秀吉を討ち取れれば最上ですが、秀吉でなくとも侍大将の首級をいくつか取れば、当方が有利の和議となるのではありませぬか」

「もっともじゃが、秀吉のことじゃ。我らが小牧山城から出撃するのを待ち構えておるだろう」

「それでは、やはり、ここから動けませぬ。やはり、一か八か……」

　忠次の言葉を遮り、

「博打（ばくち）を打てと申すか。それはできぬ。長久手で我らは大勝を得た。しかし、秀吉はびくともしておらぬ。ところが、我らが長久手のような敗北を喫したのなら、二度と立ち直れぬ」

家康の考えに、

「まさしく……ならば、このまま粘るしかございませぬな」

忠次は一礼した。

「そういうことじゃが」

終わりが見えない。

いつしか、決着をつけねばならない。ずるずるでは損耗するだけである。

家康の思いとは違い、ずるずると時が過ぎていった。

いつしか時節はうつろい冬となっている。冷たい風が吹き荒れ、いかにも冬ざれの光景となった。

このまま年を越すことになるのだろうか。

すると服部半蔵がやって来た。

「殿、どうも信雄殿の動きが怪しゅうございます」

半蔵は信雄が秀吉と和議に向けて動き出していることを報告した。

「わしに相談もなくか」

家康は苦々しい顔をした。

「和議がなったら、知らせようとしておられるのではないでしょうか」

「わしに言ったら反対されると思っておるのじゃろう。今回の戦、信雄殿に求められての出陣じゃ。それを……」

家康は今更ながら組んだ相手が悪かったと自戒した。

「信雄さまの所領、秀吉によって奪われております。尾張の北、伊勢の北は秀吉の軍勢によって蹂躙（じゅうりん）されてしまいました」

「秀吉め、信雄さまに涼しい顔で和議を持ちかけたのであろう。信雄さまが和議を結ぶとなると、わしもこの戦を続ける理由はなくなるのう」

それはそれでほっとする。

年内には戦を止め、浜松（や）に帰りたいと思っていたところだ。そうでないと、領国が心配である。加えて、秀吉の行動が読めず、不気味な思いに駆られた。

「秀吉め、攻めてくるかのう。信雄さまと一緒にな」

そうなれば最悪である。

「まさか、いくら何でも信雄さまとて、そんなことをすれば天下の笑い者、信用を失うことはおわかりと存じます」

多分に願望を込めて半蔵は返した。

「いや、なんと申しても信雄さまじゃ。何をなさるかわかったものではない。三介殿のなさること、じゃ」

笑いごとではないが、家康は不思議と笑いを我慢することができなくなった。

信雄に対する嘲笑ばかりではない。

そんな信雄に味方して秀吉と戦った自分が馬鹿と思えて仕方がないのだ。

「この後、秀吉の天下は盤石となろうな」

苦い思いがこみ上げる。

「都で面白い噂がござります」

半蔵はにやりとした。

「なんじゃ」

「秀吉は将軍になりたいのだとか」

「征夷大将軍(せいいたいしょうぐん)か」

笑ってしまった。

「そうです」

半蔵はうなずいた。

「将軍は源氏の長者が任官するものじゃ。秀吉は源氏を名乗っておるのか」

「平氏です」

「ならば無理ではないか。どうせ出鱈目(でたらめ)な家系図じゃが、せめて源氏を名乗っておればのう」

「ところが、信長公の例に倣おうとしておるのだとか」

「どういうことじゃ」

「武田を滅ぼして後、朝廷は信長公に将軍任官を勧めたそうです。源氏の長者ではない信長公ですが、武田を滅ぼし北条や関東の諸将を帰服させた功を征夷大将軍にふさわしい武功と評されたからです。秀吉も徳川を討ち、東国を従えれば将軍に成れる、と目論(もくろ)んでおったとか」

半蔵の説明を聞き、納得と同時に多少の溜飲(りゅういん)が下がった。

秀吉の東進を阻んでやったのだ。

将軍にはなれまい。

家康は二の丸曲輪で太刀(たち)を振るった。籠城が長引き、身体が鈍ってしまった。腹が出る一方で動きが重い。

ひとしきり太刀を振るってから休憩しようと空を見上げた。雲が凍ったように動かない。雪が降りそうな凍雲(とううん)の空だ。

「殿……」

須和が歩いて来る。

「この寒さじゃ。身体に障るぞ」

家康が気遣った時、

「殿！」

甲走った声と共に須和は家康の背後を指差した。

振り向くと松の枝に跨った男が鉄砲で狙いをつけている。咄嗟に家康は須和を抱いて共に地べたに倒れた。

直後、鉄砲が放たれたが、幸いにして弾丸は逸れた。

俄かに騒がしくなり、服部半蔵が配下を従えてやって来た。

「わしは大丈夫じゃ。それより、曲者を……」

家康はあぐらをかき、須和を見た。須和は真青な顔で倒れ伏している。

「須和……」

須和を抱き起こした。須和は腹をさすり苦しそうに呻いた。

「直ちに医師を呼べ」

家康は須和を抱き上げ寝所に向かった。

須和は流産した。

しかも、二度と子が産めない身体になってしまった。

家康を狙った間者は半蔵の配下が捕縛したが舌を噛み切って自害した。おそらくは秀吉の手の者であろう。

十一月十二日、信雄は秀吉と和睦した。家康には一言の相談もなかった。徳川家中で信雄への憤懣（ふんまん）の言葉に溢（あふ）れたが、やがて、「三介殿のなさることよ」という揶揄に変わった。

信雄が戦を降り、家康も秀吉と戦う意義も目的もなくなった。十九日、陣を掃（はら）い、浜松城へと引き上げることになった。出立の朝、寝所で須和が両手をついた。

「須和に暇をお出しください」

「なんじゃ、子を産めぬ女子なんぞ側室の資格がない、と申すか」

穏やかな顔で家康は語りかけた。目に涙を滲（にじ）ませ、須和は、「そうです」と答えた。

「子を産めぬ側室も役立つことがある。いや、産めぬからこそ役に立つのじゃ」

家康は須和の目を見据えた。

「いつかおっしゃっておられた側室方の束ね役ですか」

「そうじゃ。そなたに頼みたい」

「須和には辛いお役目でございます」

須和はうなだれた。

側室たちは家康の子を産み続ける。産めない須和には辛い日々だろう。しかし、須和に奥向を取り仕切ってもらえば、枕合戦に勝ち、徳川家を更に大きくできる。

「須和、枕合戦の大将となれ。わしを助けよ」

家康は両手で須和の顔を挟んだ。一筋の涙が須和の頰を滴り落ちる。指でそっと須和の目の下を拭った。

須和は笑顔になり、

「子を産めなくなっても寝間にお渡りくださりますか」

「もちろんじゃ。そなたの軍略を聞きたいからのう」

家康は呵々大笑した。福耳が震える。

「きっとですよ」

須和は家康に抱き付いた。

返事の代わりに家康は力一杯、須和を抱きしめた。抱きすくめられたまま須和は器用に手を動かし、家康の耳を優しく撫でさすった。

徳川家康から最も信頼された側室、阿茶の局、誕生の瞬間であった。

本書は書き下ろしです。

実業之日本社文庫　最新刊

我孫子武丸
監禁探偵
多彩な作風を誇る著者が挑む、キャラミスと本格推理のハイブリッド！「前代未聞の安楽椅子探偵」をめぐる謎を描いた異色ミステリ！（解説・大山誠一郎）
あ27 1

井川香四郎
歌麿の娘　浮世絵おたふく三姉妹
人気絵師・二代目喜多川歌麿の娘で、水茶屋「おたふく」の看板三姉妹は、江戸の悪を華麗に裁く美しき仕置人だった!! 痛快時代小説、新シリーズ開幕！
い10 9

岡崎琢磨
下北沢インディーズ　ライブハウスの名探偵
コラムを書くためライブハウスのマスターの紹介で駆け出しのバンドマンたちを取材した新人編集者は思いがけない事件に遭遇し…。音楽×青春ミステリー！
お12 1

小野寺史宜
タクジョ！
運転が好き、ひとも好き。仕事に恋に（!?）全力投球の新人タクシードライバー夏子の奮闘と成長を温かく爽快に描く、青春お仕事小説の傑作！（解説・内田剛）
お7 2

沢里裕二
極道刑事　地獄のロシアンルーレット
津軽海峡の真ん中で不審な動きをする黒い影。日本に特殊核爆破資材を持ち込もうとするロシア工作員と、それを阻止する関東舞闘会。人気沸騰の超警察小説！
さ3 17

西村京太郎
十津川警部　怒りと悲しみのしなの鉄道
軽井沢、上田、小諸、別所温泉……警視総監が狙われた列車爆破事件の再捜査を要求された十津川警部は、わずか一週間で真実に迫れるのか!?（解説・山前　譲）
に1 27

実業之日本社文庫　最新刊

貫井徳郎
罪と祈り
元警察官の辰司が隅田川で死んだ。当初は事故と思われたが…。貫井徳郎史上、最も切なく悲しい誘拐事件。慟哭のどんでん返しミステリ！（解説・西上心太）
ぬ1 4

早見 俊
徳川家康 枕合戦記 自立編
生涯で二人の正室と二十人余りの側室を持った徳川家康。戦略家と称される天下人が苦戦した、女性たちとの枕合戦。今、その真相が明らかになる！
は7 3

南 英男
毒蜜　人狩り　決定版
六本木で起きた白人男女大量拉致事件の蛮行は、外国人犯罪組織同士の抗争か、ヤクザの所業なのか。多門は夜の東京を捜索するが、新宿で無差別テロが——！
み7 26

睦月影郎
美人教師の秘蜜
二十歳で童貞の一樹は、憧れの美人教師の部屋に忍び込む。それを先輩に見つかってしまい、通報されても仕方ないと覚悟するが、逆に淫らな提案が……。
む2 17

貴嶋 啓
後宮の屍姫（しかばねひめ）
謀反の疑いで父が殺され、自らも処刑された不運の姫君。怒れる魂は、幼い少女の遺体に乗り移って蘇り、悪の黒幕を捜すが…。謎解き中華後宮ファンタジー！
き7 1

実業之日本社文庫 は73

徳川家康 枕合戦記 自立編

2022年10月15日 初版第1刷発行

著 者 早見 俊

発行者 岩野裕一
発行所 株式会社実業之日本社
〒107-0062 東京都港区南青山5-4-30
emergence aoyama complex 3F
電話 [編集]03(6809)0473 [販売]03(6809)0495
ホームページ https://www.j-n.co.jp/
DTP ラッシュ
印刷所 大日本印刷株式会社
製本所 大日本印刷株式会社

フォーマットデザイン 鈴木正道(Suzuki Design)

ISBN978-4-408-55762-5(第二文芸)